Heike Fröhling

Erstens kommt es anders – und Zweitens gibt es nicht

(k)ein Liebesroman

Von-Lassaulx-Str. 16

56072 Koblenz

https://writerontour.de/

Covermotive: alle von depositphotos.com

- Elderly couple on a walk @ samakarov@mail.ru

- Retro-Wohnwagen am Strand @ Lucy_Ya

Korrektorat: Manuela Tiller http://www.textwerk-koeln.de/

ISBN des Taschenbuchs: 9798373491952

Imprint: Independently published

Version 010223

Über das Buch

Hilde Schöller ist 84 Jahre alt und seit einiger Zeit Witwe. Sie soll in eine Seniorenresidenz ziehen, so hat es ihre älteste Tochter organisiert. Doch Hilde fühlt sich für ein Altenheim viel zu jung, sie hat andere Pläne. Mit dem Kombi ihres verstorbenen Mannes bricht sie heimlich auf nach Frankreich. Paris, die Stadt der Liebe – dort wollte sie schon immer mal hinfahren.

Aber Pläne sind dazu da, um sie über den Haufen zu werfen: An einer Raststätte gabelt Hilde die 16-jährige Ausreißerin Romy auf, die zwar nicht zur Schule geht, stattdessen aber gelernt hat, sich durchzusetzen. Dann trifft Hilde auf Hugo, einen französischen Gastronomen, der in seinem Wohnmobil umherreist und deutliches Interesse an Hilde zeigt.

Bald steht Hildes Leben auf dem Kopf, was nicht nur an Romy und Hugo liegt. Ist das, was sie für Hugo empfindet, Liebe? Was hält die Zukunft noch alles für sie, Hugo und Romy bereit?

Ein Buch über die besondere Kraft der Freundschaft, das Mut macht und zeigt, dass es nie zu spät ist.

1

Freitag, 23. September

»Gerne können Sie von dem Obst nehmen, Frau Schöller. Wir stellen immer eine Schale für unsere Neuankömmlinge als Begrüßungsgeschenk zusammen«, sagte die Frau, deren Namen Hilde schon wieder entfallen war. Es war ihr unangenehm, dass ihr Kurzzeitgedächtnis nicht mehr verlässlich funktionierte. Und das war noch nett ausgedrückt. Obwohl – so einfach war es nun auch nicht mit dem Zusammenhang zwischen Alter und Vergesslichkeit, denn die Zeitungsartikel, die sie morgens las, das waren nicht die politischen, sondern die unter »Panorama« und »Kunst und Kultur«, die konnte sie im Anschluss fast wörtlich wiedergeben. Was ihr wichtig war, brannte sich nach wie vor verlässlich in ihrem Kopf ein.

Die Frau lächelte, wie alle hier vom Personal lächelten, ob in der Verwaltung, ob Pfleger und Schwestern oder diejenigen, die an der Rezeption standen. Hilde stellte sich vor, dass wahrscheinlich auch die Ärzte und die verschiedenen Therapeuten lächelten, obwohl sie es nicht wusste und in nächster Zeit nicht erfahren würde. Alter war keine Krankheit. Sie war zwar vierundachtzig Jahre alt, aber sie brauchte keine regelmäßige ärztliche Betreuung. Und all die Beschäftigungsangebote, die es hier gab, würde sie nicht nutzen.

»Nur über meine Leiche«, hatte sie zu ihrer ältesten Tochter Juliane gesagt – und es auch genauso gemeint. Nichts und niemand würde sie dazu bringen, sich irgendwelchen sinnlosen Beschäftigungen hinzugeben, mit dem Malen anzufangen, um peinliche Bilder zu produzieren, die dann auch noch gerahmt und für Besucher in der Halle aufgehängt wurden.

»Gerne können Sie von dem Obst nehmen, Frau Schöller. Wir stellen immer eine Schale für unsere Neuankömmlinge als Begrüßungsgeschenk zusammen«, sagte die Frau mit ihrem Lächeln.

Hilde stutzte. »Ich bin weder taub noch senil, ich habe es gehört.« Sie erschrak über ihre Heftigkeit. Es war ungerecht, die eigene Frustration über die Umstände, denen sie zwar nie direkt zugestimmt, denen sie sich aber auch nicht vehement genug verweigert hatte, der Frau anzulasten. Sie konnte nichts dafür, dass sie, Hilde, nun an einem Ort war, an dem sie nicht sein wollte.

Hier würde sie wohnen. Nein, noch konkreter, hier wohnte sie bereits jetzt schon. Das war eine Tatsache, mit der sie sich wohl oder übel abfinden musste.

»Danke, dass Sie mir geholfen haben, den Koffer

vom Taxi hochzubringen«, sagte Hilde. Nun gelang es ihr, versöhnlicher zu klingen, wenn es sie auch Mühe kostete. »Ich würde dann gerne eine Weile allein sein, um mich einzufinden.«

»Aber sicher doch, Frau Schöller.« Die Frau nickte ihr zu, lächelte, winkte und ging.

Als die Frau bereits im Flur stand, schaute sie noch einmal herein und sagte: »Na, dann wünsche ich Ihnen einen schönen Tag, Frau Schöller. Wie Sie sicher wissen, Frau Schöller, ist das Mittagsbüfett von zwölf bis vierzehn Uhr geöffnet.«

Hilde verbot sich den Kommentar, dass hier nicht nur das Lächeln ein Zwang zu sein schien, sondern auch die übermäßig häufige Verwendung des Namens derer, die angesprochen wurden. Als hätte die Frau Sorge, Hilde würde sogar ihren eigenen Nachnamen vergessen. Oder sollte es persönlicher wirken? Oder eine Gedächtnisstütze für all jene sein, die hier arbeiteten?

Dann ging die Frau endgültig raus und schloss auch die Tür.

Hilde seufzte. Endlich allein.

Sie war müde von der Taxifahrt, von der durchwachten Nacht mit den Gedanken, was an diesem Tag mit ihrem Reihenhaus geschehen würde. All die Möbel, die auf den Sperrmüll kamen ... all die Erinnerungen, die mit dem Haus verbunden waren und die nun, jetzt gerade, vernichtet wurden.

Früher hatte sie sich vorgestellt, wie der Mahagoni-Esstisch, den sie von ihren Eltern geerbt hatte, in

Julianes Haus stehen würde, wie der gute Vitrinenschrank an Marius gehen würde, das Ölbild vom Meer an Mareike. Als Kind hatte Mareike das Bild so sehr geliebt, dass sie wochenlang versucht hatte, es nachzuzeichnen. Sie hatte es sogar abfotografiert und einen Abzug in ihr Jugendzimmer gehängt. Doch nun wollte sie das Gemälde nicht haben. Es sei kein Platz, behauptete sie, obwohl ihre Drei-Zimmer-Altbauwohnung in Bad Camberg groß genug war.

Es tat ihr in der Seele weh, dass derjenige von der Entrümpelungsfirma sich nur den Mahagonitisch, ein paar Teppiche und die Vitrine herausgepickt hatte. Nicht einmal die fünf Jahre alte Küche war verkäuflich gewesen, Juliane hatte jemanden von der Caritas oder irgendeiner anderen dieser Organisationen gefunden, die die Kücheneinrichtung für Flüchtlinge nutzten.

Hilde wollte sich gar nicht vorstellen, wie heute alles auf dem Sperrmüll landen würde!

Sie malte sich aus, wie sie in ein Taxi stieg, das sie in den Wiesbadener Norden bringen würde, um dort auszusteigen, und die letzten Schritte in die Sackgasse hinein zu Fuß ging, um dann der Entrümpelungsaktion ein Ende zu bereiten.

Aber das ging nicht.

Sosehr sie es sich auch wünscht – es war zu spät. Der Notarvertrag war unterzeichnet, die Käufer hatten längst einen Kredit aufgenommen. Es war erschreckend und unglaublich zugleich. Über eine halbe Million hatte sie für das Reihenhaus bekommen, das früher nicht einmal die Hälfte gekostet hatte, in D-Mark und nicht in Euro.

Karl-Heinz – Gott hab ihn selig – und sie waren all die Jahre reich gewesen, nur hatten sie es nicht gewusst. Was hätten sie mit dem Geld alles anstellen können! Eine Reise in die USA, die hatte sich Karl-Heinz so sehr gewünscht, von Kanada nach Mexiko in einem Wohnmobil, das so groß war wie ein Bus …

Sie schob den Gedanken an Karl-Heinz beiseite, zu weh tat es, an ihn zu denken. Zu sehr wünschte sie, er würde die Tür öffnen, ihre Hand nehmen und sagen: »Komm, Hildchen, das hier ist doch nichts für dich. Hier sind Flugtickets. Wir brechen auf zu unserer USA-Reise.«

Sie würde sich von ihm hinausführen lassen, alles stehen und liegen lassen, denn die alten Argumente waren nun nichtig. Zu teuer, hatte er immer wieder betont.

Sie merkte, wie ihr die Beine zitterten, entweder von der Trauer, die ihr die Luft nahm, oder von der Anstrengung, weil sie vor ihrer Abfahrt zu Hause stundenlang die Treppen hoch- und wieder hinuntergelaufen war, um in die beiden großen Koffer, die sie mitnehmen durfte, das Richtige zu packen. Das Wesentliche war bereits vor Tagen hierhingebracht worden, ins Altenheim. Ach ja, das Wort sollte sie nicht sagen, das wollte hier niemand hören, und auch ihre Kinder wehrten sich vehement dagegen.

Es war eine Seniorenresidenz.

Und wer war sie? Die Herrscherin der Residenz,

Kaiserin oder zumindest Königin, die nicht einmal mehr darüber bestimmen konnte, wann es Essen gab?

Vier Mahlzeiten am Tag waren hier angedacht, das musste sie sich mehrfach auf der Zunge zergehen lassen, um es zu begreifen. Für einen Teenager wäre das die richtige Zeitplanung fürs Essen, aber doch nicht für jemanden in ihrem Alter. Zu Hause hatte sie nur zweimal täglich etwas gegessen, am späten Morgen und am frühen Abend, das war genug gewesen. Und nun bekam sie, die so viel Wert auf ein ausführliches, spätes Frühstück legte, nicht einmal mehr ein Marmeladenbrötchen, wenn sie verschlief.

Aber auch darüber war es müßig, sich noch aufzuregen. Die Würfel sind gefallen, so sollte Julius Cäsar es ausgedrückt haben – selbstverständlich auf Latein im Jahre 49 vor Christus.

Hilde hielt inne. Woran hatte sie ursprünglich gedacht? Bevor ihre Gedanken zu Cäsar gewandert waren? Sie stützte sich an der Wand ab, um nicht zu fallen.

Die zittrigen Beine, genau, die waren unangenehm. Sie sollte sich setzen. Doch sie sträubte sich, den vernünftigen Entschluss in die Tat umzusetzen. Es fühlte sich an, als würde sie damit ihr Einverständnis zu der Situation geben, als würde sie sagen: »Alles ist gut, wie es ist.«

So blieb sie stehen. Wenn sie sich an der Wand festhielt, war es auch kein Problem, denn das Zittern ihrer überanstrengten Beine ließ auf diese Weise langsam nach. Trotzdem wusste sie, dass sie nicht endlos würde stehen bleiben können.

Sie blickte auf das Bett. Es war ein Monstrum, das viel zu viel Platz einnahm, mit höhenverstellbarem Kopf- und Fußteil, für das es sogar eine Fernbedienung gab wie für einen Fernseher. Es hatte oben einen Griff, an dem sie sich hinaufziehen konnte, obwohl sie gesagt hatte, sie wolle einen solchen Griff nicht haben. Das Bettgestell war aus Holz, aber wegen des über dem Kopfende baumelnden Plastikgriffs wirkte es wie ein Krankenhausbett. Das war das Bett, in dem sie möglicherweise sterben würde, zu schwach, sich an dem Griff hochzuziehen.

Es würde sie Überwindung kosten, sich in dieses Trumm von einem Bett zu legen, obwohl sich ihre müden Knochen und Gelenke nach nichts mehr sehnten, als genau das zu tun.

Noch einmal blickte sich Hilde gedankenverloren um.

Leichter wäre es, sich in den Sessel zu setzen. Es war ihr eigener Ohrensessel, in dem sie gestrickt hatte, Kreuzworträtsel gelöst, Briefe geschrieben, Zeitung und Bücher gelesen. Um Punkt acht hatte sie dort immer gesessen und die Tagesschau angeschaut. Sogar die karierte Decke mit dem Schottenmuster, die ihr Enkel Simon ihr vor zehn Jahren, als er nach seinem Abitur mit einem Freund in Schottland unterwegs gewesen war, aus Oban mitgebracht hatte, klemmte noch als Polsterschutz über der Sitzfläche.

Der Sessel war bereits auf den Fernseher ausgerichtet. In diesem Zimmer war es kein altes Röhrengerät wie bei ihr zu Hause, sondern ein Flachbildschirm an der Wand. Wie gerne hätte sie auch das Ölbild vom Meer mitgenommen, aber es gab hier definitiv keine Freifläche an den Wänden, die groß genug gewesen wäre. So hatte sie sich beschränken müssen. Der Sessel hatte mitkommen dürfen, der Couchtisch, der Schreibschrank, der Kleiderschrank, der Nachttisch und zwei Stühle aus dem Esszimmer.

Hunger hatte sie noch keinen, so ließ Hilde das Mittagessen ausfallen, ebenso den Nachmittagskuchen. Stattdessen bereitete sie sich einen Kaffee aus dem Keramikfilter zu, den sie mitgebracht hatte, obwohl in der Küche eine der modernen Kaffeemaschinen stand. Der Filter musste bis zur Hälfte voll mit gemahlenen Kaffeebohnen sein.

Den frisch gebrühten Kaffee trank sie dann doch in ihrem Sessel, weil das Stehenbleiben zu anstrengend war. Sie verzichtete wie immer auf Milch und Zucker, denn ein Kaffee musste stark sein, alle Lebensgeister wecken, wie Karl-Heinz gesagt hatte. Und das stimmte. Schon ein Schluck von dem duftend heißen Getränk riss sie aus ihren trüben Gedanken. Der Geschmack war so intensiv, dass sie spürte, wie lebendig sie war, wie viel Unternehmenslust in ihr brodelte, trotz ihres Alters, trotz allem, was gerade mit ihrem Leben geschah, trotz des anstrengenden Vormittags.

Zum Abendessen überwand sie sich dann doch, in den Speisesaal zu gehen. Dabei stellte sie sich vor, sie sei in einem Hotel. Wenn sie nur auf ihre Suppe schaute und sich darauf konzentrierte, von dem Walnussbrot abzubeißen, funktionierte das auch. Doch so schnell wie möglich ging sie wieder in ihr Zimmer, setzte sich in den Sessel und schaltete die Tagesschau ein.

Sie war stolz, dass es ihr gelang, auf der unbekannten Fernbedienung direkt den richtigen Knopf zu treffen.

Am Ende des Tages kostete es sie doch deutlich weniger Überwindung als gedacht, sich das Nachthemd anzuziehen, ihren Nachtschal umzulegen und sich in das seltsame Bett voller Technik zu legen. Sie war müde. Der Tag war lang gewesen. Sie war erschöpft wie früher nach einer Bergtour.

Von irgendwoher klang ein leises Stöhnen zu ihr herüber, das dann aber von dem Lärm übertönt wurde, den die Papageien im nahe gelegenen Kurpark veranstalteten. In ganzen Schwärmen flatterten die Sittiche zwischen den Bäumen herum, Vögel, die gar nicht an diesen Ort gehörten, sondern ursprünglich in Indien und den Ländern in der Mitte Afrikas heimisch gewesen waren. Die Halsbandsittiche trotzten der umliegenden Ruhe und schrien, ob es den Menschen nun passte oder nicht.

Das Krächzen und Kreischen der Sittiche berührte sie auf seltsame Weise. Es waren kleine Revolutionäre, die einfach gekommen waren, blieben, die bestehende Ordnung über den Haufen waren und sich nicht im

Geringsten daran störten, ob es den Menschen in den Häusern möglicherweise zu laut war. Nein, sie, Hilde, fühlte sich nicht gestört, im Gegenteil. Ihretwegen konnten die Vögel gern so viel Lärm veranstalten, wie sie wollten. Sie stellte sich vor, sich zu ihnen zu gesellen und so laut zu schreien, dass alle hinschauen mussten und nicht fähig waren, ihren Protestschrei zu überhören. Sie malte sich aus, wie sie keine Arme, sondern kräftige grün befederte Flügel hatte, die sie ausbreitete und ... dann schlief sie ein.

2

Samstag, 24. September

Hilde hörte ein leises Prasseln von Regen, ansonsten war alles still. Es fehlte das übliche Gluckern des Wassers in den Heizungen, das gleichmäßige Ticken der Wanduhr, das Trippeln der Spatzen auf den Außenfensterbänken. Auch war es wärmer als gewöhnlich. Ihr Nachthemd war verschwitzt, trotzdem fror sie.

Sie brauchte eine Weile, bis sie sich erinnerte, wo sie sich befand. Nicht in ihrem Haus, nicht in ihrem Bett. Im Heim.

Zu Hause hatte sie sich blind zurechtfinden können, so griff sie auch jetzt reflexartig nach der kleinen Klemmlampe am Bett, die es nun nicht mehr gab. Erst langsam, dann immer hastiger tastete sie ihre Umgebung ab, bis sie endlich einen Schalter fand und drückte. Über ihrem Kopfende flackerte helles Neonlicht auf und ließ die Augen tränen. Sie kniff die

Lider zusammen, bis sie sich an die Helligkeit gewöhnt hatte.

Hilde sah auf die Uhr. Kurz vor fünf.

Sie brauchte eine Weile, um sich auf die andere Seite zu drehen. Ihr Lendenwirbelbereich, der jeden Morgen protestierte, fühlte sich noch steifer an als sonst. Beim Aufstehen unterdrückte sie ein Stöhnen. Sie wollte nicht klagen, wusste sie doch, dass in zwei oder höchstens drei Stunden der Rücken wieder beweglich wie bei einer Vierzigjährigen sein würde.

Ihr erster Weg führte sie zur Heizung, die jedoch kein Thermostat besaß, um sie herunterzuregulieren. Frustriert warf sie ihren Nachtschal in die Ecke.

Den Schrank hatte Juliane für sie eingeräumt, zusammen mit ihrer zweiten Tochter Mareike, eine nette Geste, die aber nun dazu führte, dass Hilde sich nicht zurechtfand. Auf den Kleiderbügeln, wo sie ihre Nachthemden vermutete, befanden sie sich nicht. Es gab auch keinen Stapel mit Nachtwäsche in den Seitenfächern.

Ein Schrei aus einem der Nebenräume ließ sie innehalten, er klang verzweifelt wie der eines Grundschülers, der von seinem Lehrer zum ersten Mal mit dem Rohrstock verprügelt wurde. Dann ging das Schreien in ein Wimmern über. Schritte erklangen auf dem Flur, Türen wurden geöffnet und wieder geschlossen.

Neben dem Wehklagen hörte sie nun die beruhigende Stimme einer Frau, die das Jammern jedoch erneut anschwellen ließ.

Das ist nicht mein Leben, dachte Hilde.

Sie wusste nicht, was der Auslöser der Erkenntnis war: der schwer auffindbare Lichtschalter? Die verschwundenen Nachthemden? Die Hellhörigkeit der Räume? Die Atmosphäre des Hauses?

Nein, sie konnte nicht in diesem Zimmer die letzten Jahre ihres Lebens sitzen bleiben, unterbrochen von kurzen Spaziergängen, Mahlzeiten und sinnlosen Beschäftigungen. Wenn sie das tat, warum lebte sie dann noch? Sie wollte nicht bekocht werden, nicht bei jeder Kleinigkeit um Hilfe bitten müssen, sei es wegen der Einstellung der Heizung, wegen der Installation eines anderen Lichts am Kopfende oder für ein späteres Frühstück.

Wie war eigentlich die Regelung, falls sie wegfahren wollte? Musste sie um Erlaubnis bitten? Sich abmelden? Eine Begründung vorweisen? Würden bei ihrer Abwesenheit die hohen Beträge für ihre Unterkunft weiterhin abgebucht werden, auch für die Mahlzeiten, die dann nicht gekocht werden mussten?

Die auftauchenden Fragen lähmten sie bis zur Bewegungslosigkeit. Sie blieb vor dem Schrank stehen, bei dem nun alle Schubladen geöffnet waren, in dem sich anscheinend wirklich keine Nachthemden befanden. Juliane musste vergessen haben, sie einzupacken. Nun waren sie wahrscheinlich vom Entrümpelungsunternehmen bereits entsorgt worden.

Dann hielt sie inne. Ein Gedanke tauchte auf und nahm sie vollständig gefangen.

Der Kombi.

Erst vor rund eineinhalb Jahren hatte Karl-Heinz den Wagen gekauft, als ihr Enkel Simon verkündet hatte, seine Freundin sei mit Zwillingen schwanger. Für die Urenkel, so war der Plan, sollte das Auto dienen, das genügend Platz für die Babys und Gepäck bot, wenn sie, Hilde und Karl-Heinz, auf die Kleinen aufpassen würden.

Dann war Karl-Heinz gestorben. Kurz darauf waren die Zwillinge geboren worden. Sie, Hilde, hatte gratuliert und Simon, der als Student immer knapp bei Kasse war, etwas Geld überwiesen. Doch zu einem Besuch war es bisher nicht gekommen. Münster, wo Simon mit Frau und Kindern lebte, war weit entfernt.

Der Wagen. Dessen Schlüssel befand sich noch immer an Hildes Schlüsselbund, ein Anblick, an den sie sich so sehr gewöhnt hatte, dass sie den Kombi selbst völlig aus dem Blick verloren hatte.

Hatte Juliane ihn auch vergessen? Wusste sie überhaupt von dem Gebrauchtwagen?

Ihr Körper kribbelte wie von Elektrizität durchflutet. Vor Anspannung stellten sich die Härchen an ihren Unterarmen auf. Sie nahm ihren Schlüsselbund vom Tisch und strich gedankenverloren über den schwarzen Schlüssel vom Kombi, den Karl-Heinz dort befestigt hatte.

Sie hatte möglicherweise einen Wagen zur Verfügung. Dass sie über zehn Jahre nicht mehr Auto gefahren war, daran verbot sie sich zu denken. Stattdessen schweiften ihre Gedanken in die Ferne.

Paris.

Die Stadt der Liebe. Der Eiffelturm, der Louvre, die Kathedrale von Notre-Dame.

Schon als Kind hatte sie geträumt, dorthin zu reisen, aber nie war es dazu gekommen. Erst war kein Geld da gewesen, dann hatte sie geheiratet. Anschließend waren die Kinder geboren worden, so war es abwechselnd ans Meer – für sie – und in die Berge – für Karl-Heinz – gegangen.

Irgendwann hatte sie nicht mehr an Paris gedacht, in einem zu großen Widerspruch hatten ihre Träume von der Stadt zu den Notwendigkeiten des Alltags gestanden.

Hilde verharrte eine Weile in Gedanken, dann setzte sie sich in Bewegung. Sie zog den Koffer unter dem Schrank hervor und legte ihn geöffnet aufs Bett.

War sie verrückt? Völlig durchgedreht? Sie stellte sich das Augenrollen von Juliane vor, falls sie je ihrer Tochter von ihren Gedanken erzählte, aber nicht einmal das war noch von Bedeutung.

Hilde setzte sich an den Tisch, nahm einen Notizzettel vom Block, den danebenliegenden Kugelschreiber und notierte:

- Zahnbürste und Zahnpasta
- Gesichtscreme
- 5 Unterhosen
- 2 BHs
- 5 Paar Socken
- 2 Unterhemden
- 3 kurze Blusen, 2 lange Blusen
- 2 Röcke und 1 Hose

- warmer Pullover
- Winterjacke
- Hausschuhe
- Halbschuhe
- Smartphone mit Ladekabel
- Portemonnaie
- Pass

Anschließend packte sie alle Gegenstände von der Liste in den Koffer und merkte, wie groß doch so ein Reisekoffer war. Er war erst halb voll und sie wusste nicht mehr, was sie ansonsten noch benötigte.

Einen Lippenstift.

Für Paris brauchte sie einen Lippenstift. Sie wählte den Lippenstift in leuchtend glänzendem Rot, den sie in einem Anflug von Übermut gekauft und bisher nur auf ihrem Handrücken ausprobiert hatte.

Dann beschloss sie, dass es genug war. Dass der Koffer nur zur Hälfte gefüllt war, bedeutete auch, dass er sich leichter tragen ließ.

Ihr Herz raste, als sie sich ein Taxi rief mit der Bitte, der Fahrer möge an der Straße warten, nicht die Auffahrt hochfahren. Es kam ihr vor, als täte sie etwas Verbotenes, etwas völlig Verrücktes, wie es nur Jugendliche planten und umsetzten.

Nun war es schon halb sieben. Wie schnell doch die Zeit verging!

Langsam kam Leben ins Haus, so war es unmöglich, ungesehen hinauszukommen. Vorsichtig betrat

Hilde den Flur. Sie tat so, als hätte sie die ältere Frau nicht gesehen, die so etwas wie die Stationsleiterin war. Hilde wusste, dass das der falsche Begriff war, aber der richtige fiel ihr nicht ein. Sie blickte zu Boden und setzte ihren Weg fort.

»Frau Schöller«, rief es hinter ihr.

Hilde beschleunigte ihre Schritte.

»Hildegard. Frau Schöller!«

Die Frau war schneller als Hilde mit dem Koffer, und so spürte sie plötzlich eine Hand auf ihrer Schulter.

Hilde erschrak so sehr, dass sie den Koffer fallen ließ. Er stürzte auf ihren rechten Fuß. Vor Schmerz zuckte sie zusammen.

»Wo wollen Sie denn hin, Frau Schöller?«

Die Frau sah sie an, als spräche sie mit einer Senilen.

»Ich habe einen Koffer gepackt.«

»Das sehe ich. Wo wollen Sie denn hin?«

Hilde verbot sich einen Kommentar, dass es unnötig war, die Frage ein weiteres Mal zu wiederholen. »Haben meine Tochter oder mein Enkel nicht Bescheid gegeben?«, fragte sie, um Zeit zu gewinnen. Schon immer war sie eine schlechte Lügnerin gewesen. Ihr fehlten die Spontaneität und die Gelassenheit, um sich plausible Geschichten auszudenken. Sie wurde schnell unsicher, begann dann zu stottern und verwickelte sich in Widersprüche.

»Nein. Wo wollen Sie denn hin, Frau Schöller?«

»Vielleicht hat einer der beiden auch bei der

Verwaltung angerufen und es wurde nicht weitergeleitet.«

Hilde wartete darauf, dass die Frau noch etwas sagte oder fragte, doch das tat sie nicht. So fuhr sie fort: »Wir hatten alle in der Familie so viel Stress wegen des Hausverkaufs, meines Umzugs hierher und all der nötigen Formalitäten.« Hilde beobachtete die Reaktion der Frau. Sie nickte. Stress, das war etwas, das jeder verstand. Ohne Stress war ein Mensch nichts mehr wert. Nur mit Stress war man ein vollwertiges Mitglied der Gesellschaft.

»Möglicherweise haben meine Tochter und mein Enkel auch vergessen, Bescheid zu geben, das müssen Sie ihnen nachsehen«, sagte Hilde. »Simon feiert mit der ganzen Familie die Taufe von Mia und Matteo. Das sind meine beiden Urenkel. Zwillinge, wissen Sie? Deshalb will ich früh aufbrechen nach Münster. Ein Taxi hat Juliane, meine Älteste, schon bestellt. Das soll erst mich, dann sie abholen, damit wir gemeinsam zum Bahnhof gebracht werden.«

Sie biss sich auf die Zunge. Nun war es geschehen, ihre Geschichte war leicht zu widerlegen. Wie sollte ein Taxi erst sie, dann Juliane abholen, wenn Juliane doch längst von Wiesbaden nach Münster umgezogen war, wo auch Simon mit seiner Familie lebte? Stundenlang hatte Juliane mit der Frau, die Hilde nun gegenüberstand, geredet. Sicher hatte Juliane erwähnt, wo sie wohnte, denn das war einer der Hauptgründe für den Umzug ins Heim gewesen.

Doch die Frau lächelte freundlich. »Zwillinge? Ihre

Urenkel sind Zwillinge?«

»Ja.«

»Meine Enkel sind auch Zwillinge. So ein Zufall! Was das für eine Arbeit macht. Sie sind inzwischen allerdings älter, sind letztes Jahr in die Schule gekommen. Und wie sie sich immer zusammen gegen die Eltern verbünden …«

Hilde nickte. Sie kam sich schäbig vor wegen ihrer Lüge, gleichzeitig atmete sie auf. Die Frau glaubte ihr.

»Ich gebe das dann weiter. Wann sind Sie denn zurück, Frau Schöller?«

»Die Zwillinge sind nicht einmal ein Jahr alt, da wollte ich die junge Mutter eine Weile unterstützen. Rechnen Sie damit, dass ich zwei Wochen wegbleiben werde.«

Die Frau wünschte Hilde eine gute Reise und half sogar, das Gepäck zum Taxi zu tragen.

Fünf Minuten später saß Hilde auf der Rückbank des Taxis, der Koffer befand sich im Kofferraum.

»Ich habe es mir anders überlegt. Fahren Sie nicht zum Hauptbahnhof. Biegen Sie im Kreisel rechts ab«, sagte Hilde und nannte anschließend die Adresse ihres Hauses, das nun nicht mehr ihr Zuhause war.

Sie wusste nicht, wo der Kombi geparkt war. Sollte er verkauft worden sein, hatte sie ein wirkliches Problem, aber darum würde sie sich später kümmern. Sie kostete das Gefühl von Erleichterung und Freiheit aus, dass sie tun und lassen konnte, was sie wollte, dass sie sich von nichts und niemandem mehr aufhalten ließ, zum ersten Mal in ihrem langen Leben.

3

Samstag, 24. September

Eine Viertelstunde irrte Hilde durch die Siedlung auf der Suche nach dem Kombi. Immer wieder drückte sie den Fernauslöser des Schlüssels, in der Hoffnung, irgendwo ein Klacken zu hören. Doch auch als sie alle Straßen in der Nähe abgegangen war, hatte sie das Auto noch nicht gefunden.

Inzwischen begann sie zu zweifeln: War der Wagen wirklich dunkelblau? Oder war es nicht stattdessen schwarz oder grau? Oder dunkelgrün? Da es gerade erst dämmerte, waren die Farben schlecht voneinander zu unterscheiden. Welche Marke suchte sie überhaupt? Auch an das Kennzeichen konnte sie sich nicht erinnern. Nun ärgerte sie sich, dass ihr der Wagen bisher so gleichgültig gewesen war. Es hätte jeder Kombi sein können, der herumstand – und keiner davon.

Schließlich führte ihr Weg sie zurück zu ihrem ehemaligen Haus. Das Entrümpelungsunternehmen hatte mit der Arbeit noch nicht begonnen. Die Gardinen waren bereits entfernt, die Rollläden nicht heruntergelassen. So erinnerten sie die Fenster an weit geöffnete, gähnende Münder. In der Einfahrt standen drei Container, die darauf warteten, befüllt zu werden. Wahrscheinlich arbeiteten diejenigen vom Entrümplungsunternehmen am Wochenende nicht und würden erst am Montag mit der Arbeit beginnen.

Alles in ihr drängte danach, ihren Schlüssel zu nehmen und ins Haus zurückzukehren, sich in der Küche einen starken Kaffee zu kochen, sich anschließend aufs Sofa zu setzen – den Sessel gab es ja nicht mehr, der war im Heim gelandet –, dort den Kaffee zu trinken und dabei die Spatzen und Stare zu beobachten, wie sie am Futterhaus fraßen.

Die Vögel!

Bei all den Diskussionen um den Hausverkauf (»Das Haus ist viel zu groß für dich allein, Mama.«), um ein Seniorenheim (»Es wäre auch eine Erleichterung für uns, dann müssten wir uns keine Sorgen machen, dass du irgendwann stürzt und verletzt liegen bleibst, wir wollen, dass du versorgt bist.«) und um die finanziellen Aspekte (»Es wird kaum mehr möglich sein, so viel für das Haus zu bekommen wie zum jetzigen Zeitpunkt.«) hatte sie die Vögel ganz vergessen. Sie waren die Futterstelle gewohnt.

Mit dem Füttern hatte Hilde begonnen, als die Kinder zum Studieren ausgezogen waren. Damals waren es nur wenige Amseln gewesen, die alle paar Tage einmal vorbeigeschaut hatten. Aber inzwischen waren es ganze Vogelschwärme, die sie ganzjährig ernährte, denen sie im Sommer Wasser zur Abkühlung hinstellte und die teilweise so zahm waren, dass sie keck auf die Sandalen hüpften, wenn Hilde für ein Sonnenbad auf der Liege lag und las.

Sie wünschte sich, nachträglich eine Klausel in den Vertrag einbauen zu können, die eine Fütterung der Vögel beinhaltete. Doch dafür war es zu spät.

»Hallo Frau Schöller«, riefen zwei Kinder, die mit ihren Rollern auf dem Weg zum Spielplatz an ihr vorbeiliefen.

»Hallo«, sagte sie zu den beiden, die sie zwar vom Sehen kannte, die ihr aber nie gesagt hatten, wie sie hießen.

Einiges hatte sich in der Siedlung innerhalb der letzten Jahre geändert. Viele ihrer Freunde und guten Bekannten waren gestorben, die gemeinsamen Straßenfeste gab es längst nicht mehr. Junge Familien waren hinzugekommen, deren erste Aktion es jedes Mal gewesen war, noch vor ihrer Ankunft alte Fenster herauszureißen, Eingangstüren zu ersetzen, Fassaden neu zu streichen und Gärten umzupflügen. Die Siedlung hatte sich gewandelt, so sehr, dass sie schon vor Karl-Heinz' Tod begonnen hatte, sich an diesem Ort fremd zu fühlen. Sie hatte ihr Zuhause nicht mit einem Schlag verloren, sondern scheibchenweise. Das war der Fluch des Alters, von dem ihr nie jemand berichtet hatte, der zur Folge hatte, dass die Welt immer unvertrauter wurde.

Hilde stellte ihren Koffer in die Ecke zwischen

Garage und Haustür und schloss auf. Sie kontrollierte, was sie bereits wusste: In der Kammer befanden sich noch vier Säcke voller Vogelfutter.

Sie ging weiter in den Garten und füllte das große Vogelhaus wieder auf. Das Wasser war nach den Regentagen der letzten Woche reichlich vorhanden, Durst musste seit dem Beginn des Herbstes kein Vogel mehr leiden. Sofort hörte sie das Flattern der Flügel, das wie eine Ansammlung kleiner Propeller klang, das Tschilpen der Spatzen wurde aufgeregter. Die Vögel waren mutig und kess, sie warteten gar nicht, bis Hilde ins Haus zurückgekehrt war, sondern stürzten sich so schnell wie möglich auf ihre Mahlzeit. Dann folgten die Stare, nach ihnen die Amseln, schlussendlich die Rotkehlchen. Gegen Mittag würde vielleicht sogar der Buntspecht vorbeischauen.

»Hallo Frau Schöller«, klang eine Frauenstimme aus dem Nachbargarten.

Hilde blickte auf. Die blonde Frau, die erst vor einem Monat mit ihren zwei Kindern eingezogen war, winkte ihr zu.

»Ich dachte, Sie wären schon ausgezogen«, sagte die Frau, deren Namen Hilde auf der Zunge lag. Sie war kurz davor, sich daran zu erinnern.

»Ich hole nur ein paar restliche Gegenstände.«

»Wenn ich Ihnen beim Tragen helfen kann, geben Sie Bescheid. Ich bin allein, mein Mann ist mit unseren zwei Rackern schon zum Samstagseinkauf aufgebrochen. Ich habe Zeit.«

»Danke. Es ist nur ...« Hilde stockte. Es gab so

vieles, um das sie die Frau bitten wollte, dass sie nicht wusste, wo sie beginnen sollte.

»Haben Sie einen Lieferwagen zum Transport oder nehmen Sie den Kombi?«, fragte die Frau.

»Den Kombi, eigentlich ...«

»Ja, ich habe ihn zugeparkt. Das tut mir leid. Sie wissen ja, die Parkplatzsituation in der Siedlung ... Wenn Sie mir den Schlüssel geben, fahre ich ihn in die Einfahrt und helfe Ihnen beim Laden.«

»Das ist ... Ich weiß nicht, ob ich das ... Danke! Ja, gern.« Hilde reichte den Schlüsselbund über den Gartenzaun.

Sie blickte der Nachbarin nach, die im Innern ihres Hauses verschwand und die Terrassentür hinter sich zuzog.

Es war immer wieder ein Wunder, wie sich Probleme, die unlösbar erschienen, plötzlich auflösten. An Gott glaubte sie schon längst nicht mehr, doch Engel, ja, die gab es. Es waren keine unsichtbaren Lichtgestalten, zu denen man beten konnte, da war sie sich sicher, sondern es waren Menschen wie die Frau mit den zwei kleinen Kindern nebenan, die, wie Hilde am Motorengeräusch hören konnte, den Kombi durch die engen Seitenstraßen lenkte.

Hilde eilte zur Vorderseite des Hauses. Es schien ihr wie ein Wunder. Die Frau, deren Name ihr noch immer nicht einfiel, parkte den Kombi rückwärts vor der Garage zwischen den Containern, stieg aus und öffnete die Kofferraumklappe. Nun sah Hilde, dass sie sich geirrt hatte: Der Wagen war nicht dunkelblau, sondern dunkelgrau. Es war ein VW Passat. Auf der Rückbank befanden sich zwei Babyschalen, die Karl-Heinz im Internet ersteigert hatte, die nie genutzt worden waren.

»Wo haben Sie denn die Dinge für den Transport zusammengestellt?«, fragte die Frau und sah sich um.

Jetzt fiel es Hilde ein. Frau Johannsen! So hieß die Nachbarin! Hilde strahlte.

»Ich muss erst packen. Sie brauchen mir nicht mehr zu helfen. Den Rest schaffe ich allein. Ganz herzlichen Dank schon jetzt, Frau Johannsen.«

»Der Koffer, der ist doch viel zu schwer.« Sie nahm das Gepäckstück aus der Ecke und stellte es vor den Beifahrersitz.

»Vielleicht könnten Sie ... Karl-Heinz hat ganz zu Beginn einmal die Sitze ... Ich weiß nicht, wie er das gemacht hat. Im Auto waren nur noch die Vordersitze, hinten war eine Fläche wie ein Bett. Er hat die Rückbank nicht ausgebaut ...«

Bevor sie mit ihrer Erklärung am Ende angelangt war, hatte Frau Johannsen bereits die Babyschalen herausgeholt und mit zwei Handgriffen die hinteren Sitze so umgeklappt, dass die große Fläche entstanden war.

Hilde überschlug die Maße. Ja, es würde passen. Der Gedanke war so verwegen, er passte mehr zu einem Backfisch mit Flausen im Kopf als zu ihr. Trotzdem musste sie es versuchen.

»Es macht Ihnen wirklich nichts aus, mir beim Tragen zu helfen?«, fragte Hilde.

Frau Johannsen lachte. »Wenn Sie mich das noch ein einziges Mal fragen, müssen Sie eine Strafe zahlen.«

Gemeinsam wuchteten die beiden Frauen die Matratze von Hildes Bett aus dem ersten Stock in den Kofferraum. Sie passte perfekt.

»Den Rest schaffe ich problemlos allein, es bleiben nur ein paar Küchenutensilien.« Hilde bedankte sich und musste Frau Johannsen drängen, damit die Nachbarin zurück in ihr eigenes Haus kehrte.

»Dann wünsche ich Ihnen noch alles Gute!« Frau Johannsen winkte.

»Warten Sie.« Hilde hatte eine Idee. »Ich habe in meinem Garten ein großes Vogelhaus und eine Vogeltränke. In der Hecke zwischen unseren Häusern leben mehr Spatzen und Stare als in der restlichen Siedlung. Vielleicht wäre es für die Kinder schön, die Vögel zu beobachten.«

Hilde konnte es kaum glauben: Frau Johannsen freute sich über das Vogelhaus, sie grub sogar im hinteren Bereich ihres Gartens, nahe der Hecke, ein Loch ins Beet für die Tränke. Hilde schenkte ihr das Futter aus der Kammer. Sie rechnete damit, dass besonders die Amsel und der Specht einige Zeit der Umgewöhnung brauchten. Doch sobald sie und die Nachbarin wieder im Wohnzimmer standen und die Terrassentür geschlossen war, stürzten sich die Vögel bereits auf die Futterstelle.

Dieser Tag, sagte sie sich, der war ohne Zweifel ein sehr guter Tag!

Sie suchte in der Küche einiges an Besteck zusammen, kochte sich eine Thermoskanne voller Kaffee, trug ihre Decken und Kissen aus dem Schlafzimmer in den Kofferraum, dann setzte sie sich auf den Fahrersitz. Ihr Herz raste. Ihre Hände hinterließen auf dem Lenkrad feuchte Abdrücke. Doch sie hatte ihre Entscheidung getroffen. Supermärkte, Cafés und Restaurants würde es unterwegs genug geben, dort würde sie sich frische Nahrung kaufen.

Den Sitz musste sie weit nach vorn schieben, um mit den Füßen an die Pedale zu gelangen. Eins der Kopfkissen nutzte sie als Sitzerhöhung, um mit ihren 1,57 Metern gut über das Lenkrad schauen zu können.

Sie war froh, dass ihr nun niemand zusah. Mit einem lauten Klicken rastete der Gurt ein. Sie richtete den Rückspiegel aus und warf dabei einen Blick auf sich selbst. Klein und zerbrechlich saß sie hinter dem Steuer. Wären ihre dicke randlose Brille und die grauen kurzen Locken nicht gewesen, hätte jemand sie aus der Distanz für ein Kind halten können. Die zehn Jahre, die sie nicht mehr gefahren war, erschienen ihr nun wie zwanzig oder dreißig Jahre. Sie kam sich wie eine Hochstaplerin vor, die vorgab, im Besitz eines Führerscheins zu sein.

Doch nun aufzugeben, das verbot sie sich. Der Wagen war so geparkt, dass sie den Rückwärtsgang nicht benötigte, sondern geradeaus auf die Anwohnerstraße fahren konnte, die um diese Uhrzeit verlassen vor ihr lag. Es waren die denkbar besten Bedingungen.

Unsicher schob sie den Schlüssel ins Zündschloss.

Sie trat die Kupplung und startete. Der Motor sprang an. Vorsichtig, ganz vorsichtig, ließ Hilde den Wagen anrollen. Er lenkte sich viel leichter, trotz seiner Größe, als alle anderen Autos, die sie früher gefahren war. Sie musste gar keine Kraft aufwenden.

Hilde fuhr eine Weile im ersten Gang, bis sie sich auf der Landstraße getraute, hochzuschalten.

Sie hatte es wirklich getan.

Sie war losgefahren.

An einer Bushaltestelle hielt sie an, um aus ihrem Koffer den knallroten Lippenstift herauszusuchen. Mit dem Blick in den Rückspiegel zog sie ihre Lippen nach und verteilte etwas Rot auf die Wangen. Sie lächelte in sich hinein, wartete, bis die Straße frei war, und fuhr weiter. Es konnte losgehen!

4

Samstag, 24. September

Wann war es passiert, dass die Straßen sich auch am Wochenende so stark gefüllt hatten? Hinter ihr wurde gehupt, als sie verlangsamte, weil es sich in einiger Entfernung vor ihr wieder staute. Der Wagen hinter ihr fuhr so dicht auf, als wolle er sie anschieben. Scheinwerfer blendeten sie durch den Rückspiegel.

Hilde schaltete den Warnblinker ein, daraufhin vergrößerte sich der Abstand zwischen ihr und dem hinteren Auto. Sie war sich sicher, dass all die Wagen, die unterwegs waren, gar nicht mehr auf die Autobahn passen würden, wenn jemand die Regeln für den Sicherheitsabstand ernst nahm.

Dass sie kurz darauf im Stau stand, erleichterte sie fast. Durchatmen. Das Zittern der Knie unter Kontrolle bekommen. Einmal nicht mehr die Langsamste sein.

Doch das folgende ständige Neuanfahren und

wieder Anhalten machte sie bald so nervös, dass sie mehrfach den Motor abwürgte.

»Karl-Heinz«, sagte sie und blickte neben sich. »Was soll ich nur tun?«

Sie wünschte sich, den Wagen zu verlassen und auszusteigen. Sofort hätte sie versprochen, nie wieder Auto zu fahren. Doch es war weder ein Parkplatz noch eine Ausfahrt in Sicht. Einen Seitenstreifen gab es auch nicht.

»Weiterfahren, Hildchen«, hörte sie plötzlich Karl-Heinz' Stimme so real, dass sie erst neben sich schauen musste, um zu wissen, dass er dort nicht saß.

Nun war sie eingeklemmt zwischen zwei Lastwagen, wenn sie nun nach hinten blickte, erschien ihr der Laster mit seinen riesigen Rädern wie ein Monstrum, das sie jederzeit zerquetschen konnte.

»Klapp den Rückspiegel hoch und schau nicht hin«, erklang wieder die tiefe Stimme von Karl-Heinz.

Sie lächelte, griff nach dem Spiegel und drehte ihn weg. So sah sie von hinten weder blendende Lichter noch, ob ihr jemand zu dicht auffuhr. Was links von ihr auf den anderen Spuren stattfand, registrierte sie auch kaum. Sie konzentrierte sich darauf, den Gang einzulegen, die Handbremse zu ziehen, Gas zu geben und gleichzeitig die Kupplung kommen zu lassen mit dem zusätzlichen Lösen der Handbremse. Dass die Straße leicht anstieg, erschwerte die Situation. Sie hatte ganz vergessen, wie schwierig Berganfahrten waren.

Nach unzähligen Stopps und Anfahrten merkte sie,

wie sie routinierter wurde. Es kam das Schild mit der Ankündigung eines Parkplatzes in Sicht, doch Hilde blieb in der Spur. Sie fuhr weder an der nächsten Ausfahrt noch an der übernächsten ab. Der Verkehr auf der Autobahn Richtung Kaiserslautern beschleunigte nun auf rund fünfzig Stundenkilometer, die Abstände zwischen den Fahrzeugen vergrößerten sich. Als sie das Rhein-Main-Gebiet hinter sich ließ, floss der Verkehr wieder.

Weiterhin hielt sie sich auf der rechten Spur zwischen den Lastern, es pendelte sich ein angenehmes Reisetempo von achtzig Stundenkilometern ein.

Hilde lächelte. Niemand hupte oder drängte sie. Von der Landschaft hatte sie sich mehr versprochen, doch die lag flach und ausgebreitet vor ihr. Die Felder waren bereits abgemäht, die Wiesen waren gelbe vertrocknete Vierecke.

Es kam ihr vor, als wäre sie stundenlang unterwegs gewesen, doch noch immer hatte sie Kaiserslautern nicht erreicht. Sie dachte an Paris, an die Strecke, die sie schon früher häufig in den Schulatlanten ihrer Kinder mit dem Finger nachgefahren war. Sie kannte die Route so gut, dass sie keine Karte mehr brauchte. Aber Kaiserslautern? Das zu erreichen, das war gar nichts. Es war laut dem Straßenschild noch über sechzig Kilometer entfernt. Ein Blick auf den Kilometerstand unter dem Tacho sagte ihr, dass sie nicht einmal vierzig Kilometer zurückgelegt hatte. Nun spürte Hilde auch ihr fehlendes Frühstück. Ihr Magen knurrte laut, sie wurde wieder unkonzentrierter, das Fahren fiel ihr zunehmend schwer.

So setzte sie den Blinker und fuhr beim nächsten Autohof ab. Das Einparken vor dem Schnellrestaurant bereitete ihr keine Probleme, die Parkbuchten waren breit und es waren mehr als genug Plätze vorhanden. Sie wusste, dass sie aussteigen sollte, um etwas zu essen, doch sie konnte sich nicht überwinden. Es war alles so fremd, so viel Asphalt und Beton, die Gebäude so hässlich zweckmäßig, dass sie sich selten unwohler gefühlt hatte. Sie dachte an all die Nachrichten, die sie von Überfällen und Diebstählen an Autobahnraststätten gehört hatte. Es wären besonders beliebte Orte bei Dieben, die sofort die Autobahn als Fluchtmöglichkeit in der Nähe hatten.

So begnügte sie sich damit, einen Becher Kaffee aus ihrer Thermoskanne zu trinken. Er schmeckte metallisch, auch weckte er sie nicht wie erhofft auf. Im Gegenteil steigerte sich ihre Müdigkeit, während die Anspannung der Fahrt langsam von ihr abfiel. Aber wenigstens minderte der Kaffee ihr Hungergefühl.

Hilde gestattete es sich, den Sitz zurückzudrehen, sich abzuschnallen und die Augen zu schließen. Sie sehnte sich danach, sich in den Kofferraum auf ihre Matratze zu legen, sich auf ihr Kissen zu betten und eine Decke über sich zu breiten, um dann ein Schläfchen einzulegen. Doch der Kombi hatte keine getönten Scheiben, auch kamen viele Menschen an ihrem Wagen vorbei: Familien mit Kindern, Alleinstehende und Paare, Männer und Frauen, alte und junge. Sie wollte nicht, dass die ihr alle beim Schlafen zusahen, obwohl es ihr gleichgültig sein konnte, was all die Unbekannten von ihr hielten. Seltsamerweise war es das nicht.

Hilde schloss die Augen und merkte, dass sie einnickte.

Von einem lauten Klopfen an der Seitenscheibe schreckte Hilde hoch. Sie blickte in das Gesicht eines Mädchens, vielleicht siebzehn oder achtzehn Jahre alt. Es hatte lange, braune Haare, trug eine der engen Hosen, die wie Strumpfhosen aussahen, dazu ein T-Shirt und eine Kapuzenjacke. Es sah nicht gefährlich aus, nicht wie eine Diebin, sondern eher verloren mit dem riesigen Rucksack auf den Schultern, der fast mehr Gewicht hatte als die kleine, zierliche Person, die ihn trug. Doch war das nicht immer die Tarnung all derer, die etwas Böses im Schilde führten, dass sie sich als möglichst ungefährlich und vertrauenswürdig ausgaben?

Hilde überlegte, so zu tun, als hätte sie das Mädchen nicht gesehen, aber dafür hatte sie es bereits viel zu lang angestarrt.

»Ja?«, fragte Hilde und wusste nicht, ob das Mädchen sie durch die geschlossene Scheibe hören konnte.

Doch anstatt zu antworten, öffnete es die Beifahrertür, warf den Rucksack in den Fußraum, sprang auf den Sitz, schnallte sich an und sagte: »Bitte. Fahren Sie. Schnell!« Panik lag in ihren weit geöffneten Augen, immer wieder schaute sie durch die Rückscheibe.

Hilde blickte sich nun auch um. Sie sah von hinten einen Mann auf sich zukommen.

»Fahren Sie!«, schrie das Mädchen nun.

Hilde legte den Gang ein und fuhr los. Die Warnleuchte der Handbremse piepste. Als sie die Bremse löste, machte der Wagen einen Satz nach vorn.

Im Rückspiegel sah sie, dass der Mann ihnen nun wild gestikulierend nachlief.

»Weiter! Schneller!«, sagte das Mädchen. »Bitte.«

Erst als sie auf der Autobahn waren, beruhigte es sich.

»Was war denn das?«, fragte Hilde. Sie sah auf die Uhr. Es war bereits halb sechs, so lange hatte sie geschlafen. Sie musste mehrmals hinsehen, um sich zu vergewissern.

»Ich bin Romy«, sagte das Mädchen.

Hilde dachte an Romy Schneider. Romy. Den Namen würde sie sich gut merken können.

»Wer ist der Mann?« Hilde merkte, wie schwer es ihr fiel, gleichzeitig zu reden und zu fahren.

»Weiß nicht. Ein Lasterfahrer. Er hat angehalten, um mich mitzunehmen. Und dann …«

Romys Worte wurden so leise, dass Hilde sie nicht mehr verstand. Romy zupfte sich an der Hose, rieb sich über die Oberschenkel, nahm den Bund ihrer grauen Sweatjacke und zog den Stoff so weit nach unten, dass er wie ein Rock wirkte, wie eine zusätzliche Schutzschicht. Dann verschränkte sie die Arme, als wäre ihr kalt, obwohl die Sonne durch die Frontscheibe schien und es im Auto überhitzt war.

»Du bist eine Tramperin«, sagte Hilde.

»Ja.«

»Ich bin übrigens Hilde.«

Hilde versuchte, ihre Gedanken zu ordnen, was ihr nicht gelang. Immer wieder sah sie auf das Mädchen neben sich, gleichzeitig musste sie fahren. Ihr Hunger fühlte sich nun wie ein Krampf im Magen an. Doch ihre Angst vor der Unbekannten hatte sich inzwischen gelegt.

»Wo willst du denn hin?«, fragte Hilde.

»Weiß nicht. Paris. London. Erst mal weg. So schnell wie möglich.«

Weil sie sich auf das Gespräch konzentrierte, übersah Hilde den Wagen, der von der Überholspur kommend vor ihr einscherte. Fast wäre sie ihm aufgefahren. Er querte ihre Spur und fuhr weiter zur Ausfahrt. Hilde trat ohne nachzudenken auf die Bremse, obwohl die Gefahrensituation längst vorbei war. Hinter ihr hupte es. Scheinwerfer blendeten auf. Nun zog auch sie nach rechts und kam kurz hinter der Abfahrt auf einer Wiese zum Stehen.

Sie schnappte nach Luft und umklammerte das Lenkrad.

»Alles ist gut. Nichts ist passiert«, sagte Romy. »Ist halt ein Spinner.«

Hilde sackte weiter nach vorn. Sie spürte eine

warme Hand am Rücken, die sie mit sanften Bewegungen streichelte, die Wirbelsäule hinauf bis zum Nacken, dann wieder hinunter, hinauf, hinunter. Hilde seufzte und ließ die Arme sinken, die weiterhin das Lenkrad umklammerten.

Ein Jahr, einen Monat und neunzehn Tage war Karl-Heinz nun schon tot, niemand hatte sie seitdem mehr so berührt, weder Juliane noch Marius, auch Mareike und Simon nicht, obwohl das die vier Menschen waren, die ihr am nächsten standen. Ihre über ganz Deutschland weit verstreute Familie.

»Ich kann das alles nicht«, sagte Hilde.

»Was kannst du nicht?«

»Ich wollte nach Paris. Das habe ich mir so lange gewünscht, schon als ich ein junges Mädchen war, wie du eins bist. Aber ich merke, dass das alles nicht so einfach ist. Ich bin eine lausige Fahrerin. Fast einen ganzen Tag im Auto und ich habe nicht mal Kaiserslautern erreicht. Und bin jetzt schon völlig erschöpft. Und ich habe Hunger.«

Romy griff in die Tasche ihrer grauen Jacke und zog einen Schokoladenriegel hervor.

Hilde zögerte. »Ich kann hier doch nicht stehen bleiben und einfach einen Müsliriegel essen. Hier auf der Wiese. Die Polizei wird kommen.«

»Wegen so etwas? Da kommen die Bullen nicht.« Romy nickte aufmunternd. Noch immer hielt sie den Riegel in die Höhe.

Hilde zögerte, doch dann nahm sie das Geschenk entgegen. Sie riss die Verpackung auf und biss ein großes Stück ab. Es schmeckte süß und klebrig. Sie goss sich noch einen Becher Kaffee ein, trank ein paar Schlucke zum Essen und merkte, wie sie wacher und zuversichtlicher wurde.

Sie bot Romy auch von dem Kaffee an. Romy probierte, verzog das Gesicht, schüttelte sich und lehnte dankend ab.

»So ein Gesöff. Wie kriegst du das nur runter?«, fragte Romy. »Hast du da eine halbe Packung Instantkaffee reingekippt?«

»Das ist Filterkaffee.«

»Boa, das zieht einem ja die Schuhe aus.«

Hilde verbot sich, etwas zu der übermäßigen Süße des Müsliriegels zu sagen. Nussteile klebten zwischen den Zähnen, ihr Mund war pappig und sie hatte weder Zahnseide noch Zwischenraumbürsten eingepackt.

»Ich weiß nicht, wie es weitergehen soll«, sagte Hilde. »Bald wird es dunkel, es ist unmöglich, Paris heute zu erreichen. Ich kann überhaupt nicht weiterfahren.« Ihr graute es bei der Vorstellung, dass sie den Wagen von der Wiese herunterbringen musste. Inzwischen sehnte sie sich sogar nach der Polizei. Sollten sie kommen, sie rügen, ihr gerne ein Fahrverbot erteilen. Nach diesem Tag würde sie gewiss nicht mehr Auto fahren wollen. Dann würde sie zum Heim zurückgebracht und sie hätte etwas erlebt, von dem sie wochenlang würde erzählen können.

»Du schaffst es echt nicht, jetzt weiterzufahren?«, fragte Romy mit gerunzelter Stirn.

Hilde schüttelte den Kopf.

Romy blickte sich um zur Matratze, dann holte sie ihr Handy raus.

»Fährst du mich bitte nach Wiesbaden zurück? Anschließend überlasse ich dir den Wagen. Du kannst ihn behalten. Er ist versichert und der TÜV läuft noch bis zum Mai.«

Romy hielt ihr das Handydisplay entgegen und zeigte auf das Bild einer Wiese mit einer Feuerstelle, neben der eine Scheune stand und ein weiteres Gebäude, das aussah wie eine Gartenhütte. »Das erreichen wir in fünf bis zehn Minuten, der Weg dorthin geht über Feldwege, da kann nichts passieren. Auf dem Stellplatz kannst du hinten auf der Matratze schlafen. Es ist absolut sicher. Guck hier. Siehst du das? Da geht nachts sogar eine Lichterkette an. Wir können Feuer in einer Feuerschale machen. Und bei den Bauernhöfen ist ein Hofverkauf, da kann ich uns ein Abendessen besorgen. Na, was denkst du?«

Hilde war sich nicht sicher, ob Romy das ernst meinte. Schlug sie wirklich vor, den Wagen auf einer Wiese abzustellen und dort zu übernachten? »Wir können doch nicht beide im Kofferraum schlafen. Eine Matratze für zwei, das funktioniert nicht. Bitte, fahr zurück. Ich schenke dir den Wagen.« Sie war sich sicher, dass Romy ein so gutes Angebot kaum ablehnen konnte.

»Es ist nachts doch noch gar nicht kalt. Das ist ein Abenteuer.« Romy zwinkerte ihr zu.

Welche Argumente Hilde auch hervorbrachte, es war unmöglich, Romy von der Idee mit der Zwischenübernachtung in der Natur abzubringen. Sie versprach, sich einen eigenen Schlafplatz zu suchen, schwärmte von einem Grillen auf der Feuerstelle, sie malte die Nacht aus, als wäre es der beste Abenteuerurlaub überhaupt.

Schließlich gab Hilde ihren Widerspruch auf. »Aber du fährst.«

Romy zögerte. Sie seufzte. Dann sagte sie: »Okay, ich fahre.«

Sie tauschten die Plätze, kurz darauf fuhr Romy los. Erst etwas ruckelig und unsicher, doch bald lenkte sie den Wagen routiniert über alle Schlaglöcher, reagierte auch nicht ängstlich, als die Räder auf dem feuchten Gras durchdrehten. Problemlos setzte sie zur Ausfahrt zurück und lenkte den Kombi nach kurzer Zeit von der Landstraße auf einen Feldweg. Ihr Handy hatte sie vor die Tachoanzeige gestellt. Es zeigte die Navigation an. Romy fuhr, als würde sie die Strecke kennen.

»Hier ist es so einsam«, sagte Hilde. Die Umgebung bereitete ihr zunehmend Sorge. Kein anderes Auto, kein Mensch und kein Haus waren in Sichtweite, nicht einmal Weiden gab es hier. Nur Windräder säumten den Horizont. Die Landschaft war flach, Hildes Blick schweifte kilometerweit.

»Wo sind wir hier?«, fragte Hilde.

»Göllheim heißt der nächste Ort. Guck, da.« Sie zeigte auf ihr Handydisplay.

Hilde zuckte mit den Schultern. Sie hatte gar nicht

gewusst, dass ein Ort dieses Namens überhaupt existierte.

Erleichtert atmete sie auf, als ein Haus in Sichtweite kam. Romy lenkte den Wagen auf eine Wiese, die genauso aussah wie auf dem Foto, das sie vorher betrachtet hatten. Auch die Feuerschale und die Lichterkette waren vorhanden.

»Na, ist doch super hier. Ich besorge uns dann mal was zu essen.« Romy schaltete den Motor aus, zog die Handbremse an und schaute sich um. »Hast du Geld?«

Hilde gab ihr zwanzig Euro, weil sie keinen Zehner hatte. »Aber ich verstehe das nicht. Warum willst du den Wagen nicht geschenkt haben?«

»Ich habe keinen Führerschein. Geht ja auch gar nicht. Ich bin ja erst sechzehn.«

5

Sonntag, 25. September

Es gab immer mehr, was Hilde gar nicht wissen wollte. Wo hatte Romy die Kartoffeln aufgetrieben, die sie am Vorabend über dem Feuer geröstet hatten, obwohl auf dem Hof kein Mensch zu finden gewesen war? Wohin war Romy in der Nacht verschwunden, obwohl Hilde ihr angeboten hatte, mit im Auto zu schlafen?

Auf jeden Fall kam Romy wie verabredet um sieben Uhr zurück zum Wagen. Hilde hatte bereits ihre Decken und Kissen aufgeschüttelt, sich am Brunnen gewaschen und ihre Winterjacke übergezogen. So warm die Nachmittage noch waren, so kalt wurde es kurz vor Sonnenaufgang. Auf den Wiesen glänzte Raureif. Es wurde Herbst.

Romy hielt die Tüte einer Bäckerei in der Hand.

»Ein paar Teilchen zum Frühstück.« Sie zauberte hinter ihrem Rücken zwei Kaffee-Einwegbecher hervor.

»Wie viel Geld ist denn von den zwanzig Euro noch übrig?«, fragte Hilde.

»Willst du den Rest zurückhaben?«

»Nein, lass mal stecken.«

Hilde suchte im Handschuhfach Taschentücher, um die innen beschlagene Frontscheibe abzuputzen. Eine Pfütze von Wasser hatte sich auf der Plastikablage gesammelt. Doch Taschentücher waren nirgends zu finden, so zog sie den Bezug von einem der Kissen ab und nutzte ihn als Handtuch.

»Gut geschlafen?«, fragte Romy.

»Ja.« Hilde brauchte über die Antwort nicht nachzudenken. Sie hatte wegen der Enge, der Kälte, der Sorge um ihre Sicherheit und der ungewohnten Umgebung mit einer unruhigen Nacht gerechnet. Doch innerhalb weniger Minuten war sie eingeschlafen und erst am Morgen wieder aufgewacht. »Ich habe nicht mal gefroren.« Sie legte die Hände an die Hüfte und bewegte sie zaghaft vor und zurück, dann zur Seite. Nicht einmal ihr Rücken war verspannt. Ein Wunder! So ausgeschlafen und mit beweglichen Gelenken fühlte sie sich mit einem Mal um dreißig Jahre verjüngt. »Und wie war deine Nacht?«

»Wir sollten los. Es wird kalt, wenn wir hier noch länger rumstehen. Die Teilchen können wir unterwegs essen.«

Hilde zögerte. Warum plötzlich die Eile? Gleichzeitig zu frühstücken und am Steuer zu sitzen, das war keine gute Idee, doch nun wurde auch ihr kalt, trotz der Winterjacke. »Gut, fahren wir.«

Nicht einmal zehn Minuten später waren sie auf der Autobahn. Hilde fuhr und Romy half mit einer App, die Route zu finden.

An diesem Morgen waren die Straßen wie ausgestorben, es war kein Vergleich zum gestrigen Vormittag. Nur selten wurden sie von einem anderen Wagen überholt. Wenn Hilde darum bat, reichte Romy ihr die Teilchen oder den Kaffee, der längst kalt geworden und viel zu schwach und zu süß war. Doch Hilde beschwerte sich nicht, zu bewusst war ihr, dass sie ohne Romy noch gar nichts zu essen oder zu trinken bekommen hätte. Ohne Romy wäre sie wahrscheinlich längst umgedreht.

Die dünne Mondsichel stand hoch und leuchtend am Himmel, der kurz vor Sonnenaufgang am Horizont rot-orange strahlte. Auf den Wiesen glänzte der Raureif im tief liegenden Sonnenlicht wie Diamantpuder. Nebelschwaden zogen durch die Täler und hüllten sie in Dunst. Zum ersten Mal in diesem Jahr registrierte Hilde, wie deutlich doch der nahende Herbst sich zeigte, obwohl alle Blätter der umliegenden Wälder noch grün waren. Drei Grad, Glatteisbildung, warnte die Leuchte auf dem Cockpit.

»Hast du einen Ausweis dabei?«, fragte Hilde, als ein Verkehrsschild auf die nahe Grenze nach Frankreich hinwies. Das Tempo drosselte sie wie vorgeschrieben auf fünfzig Stundenkilometer.

Romy seufzte. »Du machst dir auch wegen allem Sorgen.«

»Hast du oder hast du nicht?«

»Halt an.«

»Warum denn das auf einmal?«

»Halt an«, rief Romy so laut, dass Hilde zusammenzuckte. »Ich will aussteigen.«

Hilde setzte den Warnblinker und lenkte den Wagen nach rechts in der Sorge, Romy könnte zur Handbremse oder ins Lenkrad greifen. So sehr, wie Romy sich mit einem Mal aufregte, traute Hilde ihr jede Kurzschlussreaktion zu. Kurz bevor sie zum Stehen kam, würgte Hilde den Motor ab.

»So geht das nicht, Fräulein!« Hilde gab sich keine Mühe, ihre Wut zu verbergen. »Wenn ich fahre, herrscht im Auto Ruhe und Frieden. Ich will keinen Unfall bauen. Hast du das verstanden?«

»Ich brauche niemanden, der auf mich aufpasst und mich wie ein kleines Kind behandelt. Du bist diejenige, die das wohl nicht kapiert.«

Hilde war sprachlos. Eine solche Unverschämtheit, die sich das Mädchen herausnahm! »Dann steig aus. Das wolltest du doch.«

Romy blieb sitzen. Erst rollten ihr einzelne Tränen übers Gesicht, bald wurde ihr Körper vom Weinen geschüttelt. Sie krümmte sich nach vorn.

»Hey. Es ist alles gut«, sagte Hilde. Ihre Wut war verschwunden, stattdessen fühlte sie sich so hilflos, dass es ihr den Hals zusammenzog. Sanft strich sie über Romys Rücken, wie sie es so viele Abende vor dem Einschlafen bei Juliane, Marius und Mareike getan hatte, als die drei noch Kinder gewesen waren.

»Ich bin manchmal so ... Ich will das gar nicht ... Es ist nur ...«, flüsterte Romy.

»Möchtest du mit mir weiterfahren? Nach Paris?«, fragte Hilde, obwohl sie noch immer von Romys plötzlichem Ausbruch erschrocken war.

Romy trocknete ihre Tränen mit ihrer Jacke. Sie nickte.

Hilde verzichtete darauf, ein weiteres Mal nach dem Ausweis zu fragen. Das Verhalten von Romy war Antwort genug gewesen. Romy hatte keinen Ausweis. Hilde versuchte, nicht an die Probleme zu denken, die möglicherweise auch sie deswegen bekommen konnte.

Sie fühlte ihren Herzschlag als Pulsieren in den Schläfen. Der viel zu süße Kaffee gluckerte in ihrem Bauch, je näher sie der Grenze kamen. Ihr war übel. In ihrem Kopf rauschte es. Trotzdem fuhr sie weiter und zwang sich, die Konzentration immer wieder neu auf den Straßenverlauf zu lenken und sich nicht alle möglichen Katastrophen auszumalen.

Dann registrierte sie, wie die anderen Wagen schnell an ihr vorbeifuhren. Die Verkehrsschilder waren nun auf Französisch. Die Grenze lag bereits hinter ihnen, es hatte entgegen ihren Erwartungen keine Kontrollhäuschen gegeben, keine Schranke, gar nichts. Nun beschleunigte auch Hilde.

Die Landschaft, die vorher noch flach gewesen war und voller Windmühlen, wurde nun bergiger. Die Sonne stieg weiter auf und strahlte durch die Autoscheiben, sodass es im Innern fast zu warm wurde.

Dann kam eine neue Hürde: Die Péage-Station bei Saint Avolt. Unsicher verlangsamte Hilde.

»Genau, immer geradeaus. Das ist die richtige Spur.«

»Das passiert jetzt wohl noch öfter«, sagte Hilde mehr zu sich als zu Romy. Sie hoffte, dass es Servicehäuschen gab mit Menschen hinter den Glasscheiben, wie sie es von früher kannte, doch links von ihr befand sich nur ein Automat.

Hilde betrachtete die vielen Schlitze und Knöpfe, die es auf unterschiedlichen Höhen gab. Sie zog ihr Portemonnaie von der Hutablage und ließ es von der rechten in die linke Hand gleiten und wieder zurück. Obwohl es verschiedene Beschriftungen gab, blieb Hilde die Funktion des Automaten ein Geheimnis.

Mit einem Seufzen nahm Romy das Portemonnaie an sich.

»Ich regele das, okay?«, fragte Romy.

Romy stieg aus, umrundete den Wagen, bediente den Automaten, dann ging die Schranke auf. Romy eilte zurück auf den Beifahrersitz.

»Ich ernenne dich zur Chefin der Mautstationen, die noch kommen«, sagte Hilde.

Romy lachte. »Gibt es dafür ein festes Gehalt?«

Mühelos brachte Romy mithilfe von Hildes Kreditkarte auch alle folgenden Schranken dazu, sich zu öffnen.

Nach rund einer Stunde Fahrtzeit legten sie die erste Pause ein. Die Autobahn war leer und Romy räumte alle Probleme an den Mautstationen aus dem Weg, trotzdem fiel Hilde an diesem Tag das Fahren noch schwerer als am Vortag. Obwohl die Sonne durch die Scheiben schien und Romy sich beklagte, dass es zu warm sei, und die Klimaanlage anschalten wollte, fror Hilde.

So fuhr Hilde nach nicht einmal einer weiteren Stunde Fahrt auf eine Raststätte.

»Würdest du mir noch einen Kaffee besorgen? Ohne Milch und Zucker und so stark wie möglich?«, fragte Hilde. Sie reichte Romy einen Hunderter. »Du kannst dir auch etwas kaufen. Das Restgeld will ich diesmal aber zurückhaben. Mit Bon.«

»Bist du schlecht gelaunt?«

Hilde schloss die Augen. Sie grübelte über eine Antwort. Was war nur los mit ihr? Dann hielt sie inne. »Was hast du noch mal gefragt?«

Mit einem Seufzen stieg Romy aus und ging auf die Raststätte zu.

Als Romy nach einer Viertelstunde weiterhin verschwunden war, begann Hilde zu zweifeln, ob Romy überhaupt wiederkommen würde. Doch im Fußraum des Beifahrersitzes lag noch der Rucksack. Hilde kam sich schäbig vor, als sie die Zentralverriegelung betätigte, damit Romy nicht unbemerkt kommen, den Rucksack nehmen und verschwinden konnte.

Sie wusste auch nicht, was geschehen war, dass

ihre Gedanken immer negativer wurden. Ihr grauste es bei der Vorstellung, wie viele Kilometer noch vor ihr lagen, sie spürte ihre Unsicherheit in Bezug auf Romy, von der sie so wenig wusste.

Erschöpft merkte Hilde, wie ihr die Augen zufielen. Durch die Windschutzscheibe strahlte die Sonne angenehm auf ihr Gesicht. Nun, da die Lüftung keine Außenluft mehr hereinblies, wurde es auch schnell wärmer im Innern des Fahrzeugs. Ihre angespannten Schultern lockerten sich, ihre Hände sanken neben den Körper, ihr Kopf kippte zur Seite.

»Hilde?«

Sie brauchte eine Weile, um zu begreifen, wo sie sich befand und woher die Stimme kam.

Der Umzug ins Heim.

Ihr hektischer Aufbruch.

Was mochte Juliane sagen, falls sie erfahren würde, dass sie als falsches Alibi missbraucht worden war? Dass sie, Hilde, gelogen hatte, um ihrem neuen Alltag zu entfliehen?

Hilde kam sich wie eine Straftäterin vor, obwohl niemand ihr verbieten konnte, sich an jedem beliebigen Ort aufzuhalten.

»Mach mal auf«, sagte Romy.

Hilde brauchte eine Weile, bis sie den Knopf fand, um die Zentralverriegelung zu öffnen. Romy lehnte sich über den Beifahrersitz und reichte Hilde einen großen Pappbecher.

»Hier. Es ist ein Mix aus Espresso und Kaffee, ohne Milch und Zucker«, sagte Romy.

Hilde nahm den Kaffee entgegen. Sie nippte daran. Er schmeckte perfekt, war heiß, aber nicht zu heiß.

Romy reichte ihr das Wechselgeld mit dem Bon, dann krabbelte sie auf den Beifahrersitz.

Hildes Kopf fühlte sich an, als hätte sie zu viel Sekt getrunken. Sie hoffte, dass der Kaffee daran etwas ändern würde, was aber nicht geschah.

»Es tut mir leid, ich bin heute irgendwie …« Hilde suchte nach dem richtigen Wort. Seltsam fühlte sie sich. Ganz ungewohnt schwach. »Müde.«

Ihr Blick fiel auf das Rückgeld in einem der Fächer. Warum hatte sie es nicht längst eingeräumt, sondern stattdessen auf eine der Ablageflächen gelegt? Sie nahm die Scheine und Münzen und steckte sie in ihr Portemonnaie. Es war, als würde sie versuchen, die Welt festzuhalten, die ihr zunehmend entglitt.

»Ich muss schlafen«, sagte Hilde.

Sie wollte die Lehne zurückdrehen, doch ihre Hand rutschte immer wieder ab. Sich auf die Matratze legen, das wollte sie nicht. Allein der Gedanke, sich erst abzuschnallen, um den Wagen herumzugehen, und dann durch die hintere Klappe zu klettern – darauf konnte sie verzichten.

Romy half ihr, die Rückenlehne zu bewegen. Schnell fielen Hilde die Augen zu.

Als sie aufwachte, fühlte sie sich besser. Ihre Gedanken flossen wieder, sie warf Romy einen Blick zu, die nun mit ihrem Handy beschäftigt war.

»Na, du Schlafmütze?« Romy lachte. »So langsam ist es Zeit für ein Mittagessen. Soll ich uns was holen? Als

Stärkung vor der Weiterfahrt? Ach ja, der Stau vor Paris hat sich inzwischen verlängert auf dreieinhalb Stunden.«

»Ich habe keinen Hunger. Aber wenn du was willst ... Du, Romy ...« Es war ihr unangenehm weiterzusprechen. Doch sie hatte keine andere Wahl. »Ich merke, dass mein Plan mit Paris nicht funktioniert, wie ich es mir vorgestellt habe. Das Fahren ist zu anstrengend.«

»Wechseln wir uns ab.«

»Das tun wir nicht!«

»Meine Güte. Hier sind nirgends Bullen. Die Autobahn ist leer. Was soll da passieren? Ich halte mich auf der rechten Spur, wenn du willst.«

»Nein. Nein und endgültig nein!« Hilde umklammerte den Autoschlüssel, als würde Romy ihn ihr wegnehmen wollen. Woher nahm das Mädchen nur die Sicherheit, dass alles gut ausgehen würde? Dass sie sich an keine Regeln halten musste und das auch in Ordnung wäre? »Nein!«

»Jaja, schon gut. Kapiert.«

Hilde atmete auf. Doch dann kehrten ihre Sorgen zurück. »Also. Ich merke, dass mein Plan mit Paris ...«

»... nicht funktioniert, wie du ihn dir vorgestellt hast. Das Fahren ist dir zu anstrengend.«

»Kannst du mich mal ausreden lassen?« Hilde presste die Lippen aufeinander, um nicht zu fluchen. Dieses Mädchen hatte weder Respekt vor irgendwelchen Regeln noch vor dem Alter. Sie tat einfach, was sie wollte, und sagte, was ihr in den Sinn kam. Es war erschreckend und bewundernswert zugleich.

»Was denn?«, fragte Romy.

»Ich schaffe heute noch eine Stunde hinter dem Steuer, nicht mehr. Und ich glaube nicht, dass das in den nächsten Tagen besser wird. Das Fahren bin ich nicht gewohnt, es fällt mir schwer. Dann die vielen neuen Eindrücke. Die Schwierigkeiten, die sich auftun. Wie auch immer: Ich verstehe, wenn du dir eine andere Mitfahrgelegenheit suchen willst, um schneller voranzukommen. Ich fahre in der nächsten Ortschaft raus und nehme mir ein Hotelzimmer, um erst mal zur Ruhe zu kommen.«

Romy schwieg. Sie sog am Strohhalm, obwohl ihr Becher längst leer war. Das zischende Geräusch, das dabei entstand, verursachte Hilde eine Gänsehaut.

»Das wird das Beste für uns beide sein«, sagte Hilde.

»Ich will bei dir bleiben. Bitte, schick mich nicht weg.«

»Was schlägst du denn vor? Eine Stunde kann ich noch fahren für heute. Länger nicht.« Hilde überlegte. Das war realistisch.

Romy schaute wieder auf ihr Handy. Dann hielt sie Hilde das Display entgegen. Eine Landkarte war zu sehen, darauf erschienen kleine Quadrate mit Bildern, auf die Romy schnell klickte.

»Guck mal hier. Ein schöner Ort mitten im Wald bei Clermont-en-Argonne. Das ist weniger als eine Stunde entfernt. Es gibt sogar eine Toilette und ein Badezimmer. Acht Euro die Nacht kostet der Stellplatz.

Na, wäre das nichts?«, fragte Romy. »Viel besser als Hotel.«

Hilde überlegte. Ohne Ausweis würde Romy in keiner offiziellen Unterkunft übernachten können. Wieder eine Nacht im Auto? Bisher hatte sie gut geschlafen, auch war es günstig und nach wie vor wollte sie ihrem Vorsatz treu bleiben, das Geld zusammenzuhalten und nicht unnötig auszugeben. Wofür hatte sie denn die Matratze im Kofferraum?

»Auf dem Bild sind Campingfahrzeuge zu sehen. So große Gefährte! Wenn ich mit meinem Auto ankomme, …«, begann Hilde.

»Das macht nichts. Wenn soll das stören? Jeder auf seine Weise.«

Hilde zögerte, doch dann ließ sie sich von Romy leiten.

Eine Dreiviertelstunde später öffnete sich vor ihnen die Schranke zu einem Rasenplatz mit Holztischen und Holzbänken. Parkbuchten waren durch Kiesflächen markiert. Nur ein einziges Fahrzeug parkte dort, ein Campingbus in der Größe eines Linienbusses, aus dem ein Mann mit einem Hund herauskam.

Hilde stellte den Kombi auf einen Platz unter Bäumen, dann legte sie sich sofort in den Kofferraum.

Romy strich ihr über die Stirn. »Du bist ganz heiß.«

»Mir ist so verdammt kalt«, sagte Hilde, die normalerweise das Wort »verdammt« weder nutzte, noch bei anderen duldete. Romy half ihr, die Schuhe auszuziehen, und breitete eine Decke über ihren zitternden Körper, als wäre sie das Kind und Romy die Mutter. Hilde dachte daran, wie leicht es für Romy nun wäre, das Portemonnaie mit all dem Geld und den Kreditkarten an sich zu nehmen, zu denen das Mädchen nun sogar die PIN-Nummern kannte. Doch Hilde war nicht in einem Zustand, der es ihr ermöglichte, die Kontrolle zu behalten.

Sie war so schlapp wie nie zuvor in den letzten Jahren. Waren das die Anstrengungen der Reise? Oder wurde sie wirklich krank?

»Mir ist kalt«, flüsterte sie. Es wurde nicht besser, sondern schlechter.

»Ich kümmere mich drum. Du musst trinken, nicht nur Kaffee, das entwässert zu stark«, sagte Romy. »Bleib liegen.«

Hilde wusste auch nicht, was sie anderes hätte tun sollen.

Irgendwann brachte Romy Tee. Einen Kräutertee, der widerlich schmeckte. Doch Hilde trank, so viel sie konnte, in der Hoffnung, er würde helfen.

»Hier. Eine Tablette«, sagte Romy.

Hilde fragte nicht nach, was für eine Tablette es war, sie schluckte das Dragee mit Tee herunter.

»Mir ist so kalt.« Hilde stöhnte. Ihr war so übel, dass sie nicht einmal orten konnte, ob ihr Unwohlsein vom Bauch herrührte, vom Kopf, von der Lunge oder von einer anderen Stelle. »Ich bin nur …« Bevor sie den Satz beenden konnte, war sie wieder eingeschlafen.

Es war dunkel, als Romy eine rote Decke über sie breitete – und dann geschah ein Wunder. Ihr wurde es warm. Richtig angenehm warm. Ihr Körper fühlte sich leichter an, das Kältezittern hörte auf. All ihre Muskeln entspannten sich, sie konnte endlich loslassen.

6

Montag, 26. September

Hilde wachte so ausgeschlafen auf wie schon seit Langem nicht mehr. Sie hielt die Augen noch geschlossen, um die frische Luft im Gesicht zu genießen und die Wärme, die sie umhüllte. Dann nahm sie ein leises Schnarchen neben sich wahr und schreckte hoch.

Ihr Blick ging zu Romy, die nun auch mit einem Seufzen aufwachte. Ihr Fuß stieß gegen die Kofferraumklappe, die sich nun öffnete.

»Wach, du Langschläferin?«, fragte Romy.

»Wie spät ist es denn?«

»Nach elf. Ich war schon um acht auf. Habe mich um Frühstück gekümmert. Allerdings ist dein extrastarker Kaffee – ohne Milch und Zucker – jetzt wohl kalt.«

Hilde blickte sich um. Auf dem Fahrersitz lagen zwei Tüten, die herzhaft nach Schinken und Käse dufteten. Daneben stand ein Kaffeebecher und lag das

Portemonnaie. Romy war also nicht mit Geld und Kreditkarten verschwunden, auch wenn es für sie die perfekte Möglichkeit gewesen wäre. Nun schämte sich Hilde für den Gedanken, was sie Romy unterstellt hatte.

Dann betrachtete sie die rote Decke, die noch immer über ihr ausgebreitet war, von der aus ein Kabel ausging, das zu einem weiteren Kabel führte, das in einer eckigen Säule steckte, die mit dem Boden verankert war und an einen Hydranten erinnerte.

»Eine Heizdecke«, sagte Romy.

»Wo hast du die her? Und woher das Kabel?«

Romy schwieg.

Hilde schaute sich um. Sieben weitere Fahrzeuge standen nun auf dem Platz. »Hast du Decke und Kabel etwa ...« Ihr fiel es schwer, das Offensichtliche auszusprechen. »... gestohlen?«

Romy schwieg.

»Romy, so funktioniert das nicht. Du kannst nicht einfach ... Es ist untragbar und inakzeptabel ...«

»Jetzt reg dich ab. Dir geht es besser, oder?«

Nun war Hilde diejenige, die so perplex war, dass ihr keine passende Antwort einfiel.

»Du bist wieder gesund. Wenn du wüsstest, was ich mir in der Nacht für Sorgen um dich gemacht habe! Dass es dir jetzt so gut geht, ist ein Wunder!« Romy nahm sich die andere Tüte vom Beifahrersitz, in der sich eine Nussecke befand. Beherzt biss sie in das Teilchen.

»Nein, Romy, nein. Der Zweck heiligt nicht alle

Mittel. Es ist nicht in Ordnung. Ich will, dass du das Eigentum anderer Menschen achtest.«

Sie blickte in Romys verdutztes Gesicht. Hilde begann zu ahnen, dass Romys Leben ganz anders verlaufen war als das ihrer eigenen Kinder und Enkel, dass Romy, um zu überleben, gezwungen war zu tun, was Hilde gar nicht genau wissen wollte.

So dankbar sie Romy für die Unterstützung und Hilfe war, so steigerte sich auch Hildes Wut.

»Diebstahl akzeptiere ich nicht«, sagte Hilde.

»Ist wohl zu spät.«

»Es ist niemals zu spät!« Hilde richtete sich auf, so gut es eben ging. Mit geducktem Kopf zog sie sich die Schuhe an, zog den Stecker aus der Stromsäule, löste die beiden Kabel voneinander, faltete die Decke, lief zum Camper, der vor ihnen parkte, und klopfte an die Scheibe.

Eine ältere Frau öffnete die Tür.

Hilde hielt ihr die Decke entgegen. »Is this yours?«, fragte sie und wiederholte die Frage in stockendem Französisch.

Die Frau antwortete etwas auf Französisch, was Hilde nicht verstand. Schnell war das Gespräch beendet, doch die Verwunderung der Frau war so offensichtlich gewesen, dass klar war: Sie hatte die Decke nie zuvor gesehen.

»Das kannst du dir sparen.« Romy trat von hinten an Hilde heran. »Das Kabel und die Decke gehören dem Mann aus der Concorde.«

»Der was?«

»Der, der da vorn gestanden hat. Weißt du nicht mehr? Du hast dich noch gewundert. Groß wie ein Linienbus.«

»Und?«

»Er hat die Tür offen gelassen. Da habe ich im Wagen die Heizdecke und das Kabel … gefunden. Er ist allerdings ganz früh aufgebrochen, da war es noch dunkel.«

»Mann, Mann, Mann!« Hilde klemmte sich die Decke unter einen Arm und raufte sich mit der anderen Hand die Haare, die sich verschwitzt und klamm anfühlten.

Romy zuckte mit den Schultern.

»Wenn du weiter mitfahren willst, habe ich eine Bedingung«, sagte Hilde. »Ja, ich bin froh, wie du mich unterstützt. Aber so etwas tust du nie wieder. Nie mehr. Hast du verstanden?«

»Hm.«

»Was – hm?«

Romy schnaubte. »Dann kannst du die Decke ja in den Müll schmeißen. Da hinten sind Tonnen.«

»Damit ist auch keinem gedient. Nein, Romy, mir ist es wirklich ernst. Keine Diebstähle.«

»Du hast es oft genug gesagt. Ich bin nicht taub. Abgesehen davon solltest du duschen. Soll ich dir zeigen, wo du das tun kannst? Ich frage währenddessen mal nach, wo es diese Riesen-Wasserflaschen gibt, die hier alle haben.«

Eine halbe Stunde später saß Hilde frisch geduscht und gestärkt mit Kaffee und einem herzhaften Sandwich hinter dem Fahrersitz. Sie startete den Wagen. Es ging ihr nun wieder richtig gut, sie war zuversichtlich und unternehmungslustig.

»Paris, wir kommen«, sagte Hilde.

Romy summte eine Melodie, die Hilde nie zuvor gehört hatte. Der Streit zwischen den beiden war wieder beigelegt, auch wenn Hilde sich ermahnte, in Zukunft besser auf Romy aufzupassen. Sie war keine Erwachsene, obwohl sie so vieles regeln konnte, was für Hilde ein Geheimnis blieb. Trotz der harten Schale war Romy eine verletzliche Jugendliche, die Halt brauchte.

Guten Mutes lenkte Hilde den Kombi auf die Autobahn. In knapp drei Stunden würden sie Paris erreichen können. Ihr lang gehegter Traum würde in Erfüllung gehen – dachte Hilde – und ihre Wege sich trennen.

»Oh, Stau«, sagte Romy nach einiger Zeit. »Schon über eine Stunde.«

Doch davon ließ sich Hilde nicht beeindrucken. Für das Ankommen in Paris war das ein geringer Preis. Nun, da es ihr wieder gut ging, waren alle vorherigen Zweifel verschwunden. Sie stellte sich vor, wie sie ein Hotelzimmer mit Wellnessbereich buchen und am Abend ihre müden Glieder im Whirlpool ausstrecken würde, um dann am nächsten Morgen frisch erholt …

»Das darf doch nicht wahr sein. Zwei Stunden Stau.« Romy schüttelte ihr Handy, als könne sie auf diese Weise die Verkehrslage ändern, wie man einen Wackelkontakt beseitigte.

Bald wurden aus den zwei Stunden erst drei, dann vier. Hilde lenkte den Wagen auf den nächsten Rastplatz. Sie lehnte sich vor und ließ ihren Kopf auf das Lenkrad sinken. Dabei schloss sie die Augen, auch wenn sie die Realität dadurch nicht ausblenden konnte. Drei Stunden Fahrtzeit, die sich durch vier Stunden Stau auf sieben Stunden – oder noch mehr – erhöhten, war zumindest an einem Tag nicht zu schaffen. Sie würde die letzte Etappe auf drei Teilstrecken aufteilen müssen, um sie zeitlich zu bewältigen. Hinzu kam ihre Erinnerung an den ersten Fahrtag, wie erschöpft sie bereits die Durchquerung des Rhein-Main-Gebiets hatte. Mehrere Tage hintereinander im Stau zu verbringen – die Vorstellung war entmutigend. Was hatte sie von der schönen Stadt, wenn sie zu ausgelaugt wäre, sie zu besichtigen?

Hilde hielt sich die Alternativen vor Augen: Sie konnte den Wagen an einem Bahnhof stehen lassen und dann den Zug nach Paris nehmen. Sie könnte ein Taxi rufen, ungeachtet der damit verbundenen Geldverschwendung.

Doch bei allen Überlegungen merkte sie, wie ihre Resignation wuchs und die Vorfreude in sich zusammensank.

»Ich schaffe die Fahrt nicht«, sagte Hilde. Ihr Enthusiasmus vom Vormittag war verschwunden. »Es ist nicht nur der Stau, sondern auch der viele Verkehr.« Sie musste sich eingestehen, dass sie Angst hatte. Bisher hatte sie sich nur eine Sehenswürdigkeit neben der anderen vorgestellt, nur kurze Strecken voneinander entfernt. Nun dachte sie an überfüllte Straßen und Gehwege. Gedränge in der Metro. Gehupe hinter ihr, während sie angestrengt versuchen würde, sich zurechtzufinden. Orientierungslosigkeit in einem Gewirr von Verkehrszeichen.

»Es war nicht der Plan, aber was, wenn wir südlich an Paris vorbeifahren und dann weiter zum Atlantik?«, fragte Romy.

Hilde fiel es schwer, einen klaren Gedanken zu fassen. Immer, wenn ein Laster an ihnen vorbeifuhr, wurde ihr Kombi vom Fahrtwind ins Schaukeln versetzt.

»Das ist wie eine Verlängerung vom Sommer«, sagte Romy. »Riesige Sandstrände. Pinienwälder. 21 Grad Wassertemperatur. 24 Grad im Schatten. Das ist nicht zu warm und nachts frieren wir nicht.«

»Die Pinienwälder gibt es nicht mehr.« Die Realität schwappte über sie wie eine Monsterwelle, die alle Träume unter sich begrub. »Sie sind abgebrannt.« Die Bilder in den Nachrichten hatte sie nicht vergessen, all die Waldbrände und ausgetrockneten Flüsse in diesem Jahr, die Hungersteine, die zum Vorschein gekommen waren.

»Sagt wer?« Romy atmete tief ein und stieß die Luft mit einem Seufzen aus.

»Es stand überall in den Zeitungen, kam in den Nachrichten.«

Romy schüttelte den Kopf. »Möglich, dass es

irgendwo gebrannt hat, keine Ahnung. Aber guck mal hier ...«

Hilde schaute sich die Bilder auf dem Handy an: grüne Pinienwälder am Strand, zwischen denen Fahrzeuge parkten. Ein menschenleerer Sandstrand mit blauem Wasser und strahlendem Himmel. Ein Wald mit Picknicktischen.

»Alles Aufnahmen von letzter Woche. Also ich sehe kein Feuer. Wo sind sie denn, deine verbrannten Bäume?« Romy nahm das Handy wieder an sich. »Gut, die Fahrt ist auch nicht in einer Etappe zu schaffen, aber dafür ohne Stau. Wir können in kleinen Dörfern übernachten. An Seen, bei Winzern in den Weinbergen. Wir können uns die Reise richtig schön machen.«

Hilde zögerte. Es fiel ihr schwer, sich erneut von dem Gedanken an Paris zu verabschieden. Der Kombi, der ihr anfangs wie das perfekte Mittel erschienen war, ihr Ziel zu erreichen, war in der Realität zu einem Hindernis geworden.

»Wie würden wir denn zum Atlantik kommen?«, fragte Hilde. »Ich meine das rein hypothetisch. Das heißt nicht, dass wir das tun.«

Romys Gesicht hellte sich auf. Sie brauchte wenige Minuten, um eine Reiseroute mitsamt Übernachtungen zu planen. »Es wären noch drei Übernachtungen. Die erste in dem kleinen Dorf La Selle-en-Hermoy südlich von Paris, auf einem Stellplatz zwischen Kirche und Boulangerie.«

Hilde schwieg.

»Da gibt es günstige Fremdenzimmer, die kann ich

mit einem Klick mieten – wenn ich deine Kreditkarte kriege.«

Die zweite Etappe würden sie an einen See in einem Naturschutzgebiet führen.

»Am dritten Tag würden wir die Halbinsel mit den Pinienwäldern erreichen.« Romy wartete auf eine Antwort, die Hilde ihr noch nicht geben konnte.

Hilde grübelte.

Romys Begeisterung war geweckt. »Natürlich schlafe ich im Auto, wenn du dir ein Zimmer nimmst. Du brauchst nicht denken, dass ich erwarte ...«

»Quatsch. Wenn ich eine feste Unterkunft nehme, dann für uns beide.« Alles andere kam ihr falsch vor. Sie wusste, dass Romy es nicht von ihr erwartete. Vorsichtig blickte sie zu dem jungen Mädchen. Romy war für sie längst mehr als eine Fremde geworden.

7

Dienstag, 27. September

Hilde wachte bereits im Dunkeln auf. Sie drehte sich im Bett von rechts nach links, von links nach rechts, auf den Bauch, auf den Rücken, sie winkelte die Beine an und streckte sie wieder aus. Dann sah sie auf die Uhr, obwohl sie wusste, dass sie davon nur noch wacher werden würde. Kurz vor halb sechs. Aus dem Nachbarraum hörte sie ein Knistern und Rascheln.

»Romy?«

Mit einem Klacken ging das Flurlicht an und warf einen schmalen Lichtschein unter ihrer Tür hindurch. Dann öffnete Romy die Tür.

»Kannst du auch nicht mehr schlafen?«, fragte Hilde.

Romy setzte sich auf Hildes Bettkante. »Ich habe gar nicht geschlafen. Obwohl ich das Fenster aufgemacht habe. Trotzdem ... Ich glaube, ich kann das einfach nicht mehr. In geschlossenen Räumen leben. Es ist so ... eng.«

Hilde stellte die Frage, vor der sie bisher zurückgeschreckt war, die sie sich aber schon mehrfach gestellt hatte, ohne sie auszusprechen. »Wo schläfst du denn normalerweise?«

Romy zögerte. »Am Anfang, als ich gerade von zu Hause weg war, konnte ich noch bei Freunden pennen. Mal hier auf dem Sofa. Mal dort. Meistens nur für eine Nacht, mit Glück für zwei. Dann wurde es kompliziert. Die Eltern von einer Freundin haben mir das Jugendamt auf den Hals gehetzt. Ich kam in so eine WG mit Betreuern. Da habe ich es ein paar Wochen ausgehalten, aber es war Kontrolle pur. Knast im offenen Vollzug ist lockerer.

Dann war ich eine Zeit lang bei meinem Bruder. Maik. Er ist 25, studiert Maschinenbau. Sein Glück, dass er so alt war, als unsere Mutter neu geheiratet hat. Mein Pech, dass ich es nicht war. Schon damals hatte er sein eigenes Zimmer im Studentenwohnheim.«

Hilde schwieg. Es fiel ihr schwer, ihr Entsetzen nicht auszudrücken. Aber hatte sie nicht längst etwas in der Art befürchtet?

»Bei ihm war es toll«, fuhr Romy fort. »Dann kamen sie vom Jugendamt wieder, haben ein Riesentheater gemacht. Wie er es zulassen kann, dass ich nicht in die Schule gehe? Warum er mich nicht zurückgebracht hat?

Dann kam ich in ein Heim. Eine Rieseneinrichtung.

Noch mehr wie Knast. Wer neu war, durfte nicht mal ohne Erlaubnis nach draußen, um im Supermarkt einzukaufen. Da lag ein Buch neben dem Eingang, alles, was ich tun wollte, musste ich eintragen.

Im Heim bleiben? Niemals. Nach Hause zurück? Mama ist ja ganz okay, aber nur, wenn Andi nicht da ist. Vor einem Jahr haben sie geheiratet. Drei Monate vor der Geburt von Lukas. Ihrem ›Augenstern‹. Nie haben sie von Lukas geredet. Sich immer neue Scheißwörter ausgedacht. ›Schätzchen‹, dann ›unser größtes Glück‹ und so weiter eben.

Wenn du mich fragst, hat Andi Mama nur geheiratet, damit er mich anglotzen und antatschen kann. Ich habe es ihr gesagt, wie er glotzt, wie er sich an mich drückt, wenn ich in der Küche am Waschbecken stehe. Wie er mir den Weg versperrt.

Und Mama? Behauptet, ich lüge, denke mir das nur aus, weil ich eifersüchtig bin.

Also Heim fällt aus. Zu Hause auch. Bei Maik taucht sofort das Jugendamt wieder auf.

In der Schule wissen inzwischen alle Bescheid, da lässt mich keiner mehr übernachten.

In der Stadt ist es auch gefährlich, ich will nicht zusammengeschlagen werden, nicht von Bullen aufgegriffen, nicht ausgeraubt. Von zu Hause habe ich mir die Ausrüstung von Maik geholt, den Rucksack, Isomatte, Schlafsack, Zelt.«

Hilde ahnte, was Romy mit »geholt« meinte. Wahrscheinlich hatte sie noch einen Schlüssel von ihrem ehemaligen Zuhause. Gefragt hatte sie ganz sicher nicht.

Vorsichtig streckte Hilde ihre Hand nach Romy aus, die aber bei der Berührung zurückzuckte. Schnell nahm Hilde ihren Arm zurück.

»Ich will kein Mitleid«, sagte Romy. »Mir geht es gut. Okay, der letzte Winter war echt hart. Verdammt kalt. Deshalb will ich ja auch langsam in Richtung Süden. Irgendwohin, wo es wärmer ist. Paris wäre schon mal gut, so als Einstieg. Bordeaux und Atlantik ist noch besser. Oder Richtung Mittelmeer.«

»Du solltest zur Schule gehen. Einen Abschluss machen. Eine Ausbildung anfangen.«

Romy zuckte zurück, als hätte sie eine Ohrfeige bekommen, dann erstarrte sie. »Ich dachte, du wärst anders. Anders als die anderen. Ich dachte, du stehst auf meiner Seite!« Ruckartig richtete Romy sich auf und eilte ins Nebenzimmer. Hilde hörte, wie der Schlüssel herumgedreht wurde.

Eine Weile blieb sie wie betäubt liegen. Am liebsten hätte sie bei Romys Mutter oder bei diesem Maik angerufen, aber sie ahnte, dass das Romy auch nicht helfen würde. Die Gedanken an Romys Lebensgeschichte lähmte sie. Wieder schaute Hilde auf die Uhr. Zehn vor sechs. An Schlaf war nun endgültig nicht mehr zu denken. Es fühlte sich an, als hätte sie eine viel zu schwere Nahrung zu sich genommen, in ihrem Bauch und in ihrer Brust verstärkte sich das Druckgefühl.

Hilde drehte sich auf die Seite, schob die Beine aus dem Bett, dann drückte sie sich in eine sitzende Position. Nun fühlte sie sich alt. Uralt. Und das lag nicht allein an der viel zu weichen Matratze und ihren steifen Gelenken.

Sie ging ins Bad, putzte sich die Zähne, wusch sich am Waschbecken, cremte sich das Gesicht und die Hände ein und gönnte es sich, neue Kleidung anzuziehen. Der Tag sollte warm werden, hatte der Wetterbericht angekündigt, so wählte sie eine kurze Bluse, einen Rock und dazu die Halbschuhe. Die Stiefel steckte sie erst in eine Plastiktüte, dann quetschte sie die Tüte samt Stiefeln in ihren Koffer.

Nun nahm sie all ihren Mut zusammen. Sie klopfte an Romys Tür.

Niemand antwortete.

Sie klopfte noch einmal, diesmal lauter.

Wieder erfolgte keine Reaktion.

Hilde wollte ihr Ohr gegen die Tür drücken, dabei schwang die Tür auf, weil sie nicht vollständig geschlossen gewesen war. Romys Bett war gemacht, der große Rucksack, der vor der Heizung gestanden hatte, war verschwunden. Es gab kein Anzeichen, das darauf hindeutete, dass dieser Raum in der Nacht bewohnt worden war. Romy war weg.

Hilde schnappte nach Luft. Sie hielt sich am Türrahmen fest, blickte sich noch einmal um, dann rannte sie auf die Straße.

Kein Mensch war zu sehen.

»Romy!«, rief Hilde.

Nun war es doch kühler als gedacht. Im Licht der Straßenlaternen wirkte der Ort gespenstisch. Die geparkten Autos warfen dunkle Schatten, die Vorgärten waren unüberschaubar.

Hilde rief noch einmal. Ihre Stimme klang dumpf und heiser.

Kein Mensch war zu erahnen. Nur hin und wieder fuhr ein Wagen über die Hauptstraße. Dann zischten Räder auf nassem Asphalt.

Mit gesenkten Schultern kehrte Hilde in die Unterkunft zurück. Sie sagte sich, dass es ihr gleichgültig sein konnte, dass sie sowieso vorgehabt hatte, allein zu reisen. Doch das war kein Trost. Am schmerzhaftesten waren die Vorwürfe, die Hilde plagten. Sie hätte anders reagieren müssen, das Thema Schule und Ausbildung zurückstellen. Das Mädchen hatte während ihrer Zeit auf der Straße wahrscheinlich mehr Lebenserfahrung sammeln können, als manche Vierzig- oder Fünfzigjährige sie hatte.

Die Autobahn war nicht weit. Vielleicht hatte Romy längst einen der vorbeifahrenden Wagen angehalten, stand bereits an der Mautstation und wartete darauf, in Richtung Süden mitgenommen zu werden.

Frustriert kehrte Hilde in die Unterkunft zurück. Sie suchte ihre privaten Utensilien aus dem Badezimmer zusammen und verstaute sie im Koffer. Die kleine Zwei-Zimmer-Wohnung kam ihr nun ohne Romy übermäßig groß und trist vor. Hier zu bleiben, erschien ihr falsch.

So nahm Hilde ihren Koffer und den Schlüssel, verriegelte die Tür von außen und warf den Schlüssel in den dafür vorgesehenen Kasten. Dann begab sie sich auf den Weg zu den Parkplätzen.

Wie weiße Riesen standen dort fünf Wohnmobile, ihr Wagen parkte dazwischen, als wolle er sich verstecken.

Gerade öffnete die Boulangerie, so kaufte Hilde zwei belegte Brötchen, ein Baguette und zwei Himbeertörtchen, auch wenn sie wusste, das zwei Brötchen und zwei Törtchen zu viel für sie allein waren.

Dann stieg sie mitsamt ihres Gepäcks in den Wagen, legte die gefüllten Papiertüten aus der Boulangerie auf den Beifahrersitz und fuhr los. Sie musste sich eingestehen, dass sie die vergangenen zwei Nächte im Auto besser geschlafen hatte als in der Ferienunterkunft. Möglicherweise lag es an der frischen Luft, die durch die leicht geöffneten Fenster hereindrang? An der vollständigen Dunkelheit, die sich nachts einstellte? Oder halfen ihr ihre eigenen Kissen und Decken beim Schlafen? Der Kofferraum samt Matratze war ihre Höhle, die einen engen Raum bot wie der Bauch der Mutter für ein Ungeborenes.

Hilde startete den Motor und parkte aus. Sie fuhr erst langsam an, dann beschleunigte sie außerhalb der Ortschaft.

Sie dachte daran, wie angenehm es gewesen war, dass Romy ihr so zuverlässig den Weg gewiesen hatte. Wie still es nun im Wagen war. Gerne hätte Hilde das Radio angestellt, doch sie wusste nicht, wie das funktionierte. So hörte sie nur das Rauschen der Räder und des Windes neben dem Geräusch des Motors. Es war draußen noch so dunkel, sodass es ihr vorkam, als führe sie durch einen Tunnel. Nur diese Strecke führte zur Autobahn.

Doch nirgends war Romy zu entdecken. Auch keine anderen Fußgänger waren unterwegs.

Das Klingeln ihres Handys erschreckte Hilde so sehr, dass sie das Steuer verriss und kurz von der Fahrbahn abkam. Steine spritzen vom Straßenrand auf und knallten wie Pistolenschüsse gegen die Karosserie. Sie schlingerte, dann gelang es ihr, zurück auf die Spur zu lenken.

Kurz unterbrach das Läuten, Sekunden darauf begann es erneut. Hilde lenkte in eine Parkbucht und stellte den Motor ab. Mühsam lehnte sie sich nach hinten, um das Handy aus dem Gepäck zu kramen. Als sie den Namen auf dem Display erkannte, hielt sie den Atem an. Es war unüblich, dass überhaupt jemand sie auf dem Gerät anrief, normalerweise führte sie ausschließlich Telefonate über das Festnetz.

Mareike.

Hilde nahm das Gespräch an, weil sie wusste, dass Mareike es wieder und wieder versuchen würde.

»Hallo, meine Kleine«, sagte Hilde und biss sich auf die Zunge. Mareike hasste es, so angesprochen zu werden. »Dass du so früh anrufst ...«

»Ich wollte es vor dem Unterricht noch einmal probieren, bevor ich zur Schule muss. Geweckt habe ich dich nicht, oder? Es ist sieben.«

»Nein, nein, kein Problem, ich war schon wach.«

Ein Lastwagen näherte sich von hinten, Hilde wollte einen Finger auf den Lautsprecher halten, doch sie war nicht schnell genug. Der Koloss donnerte an ihr vorbei, sodass der Luftzug den Kombi zur Seite drückte. Es knallte, zischte und rauschte. Dann war es wieder still.

»Wo bist du?«, fragte Mareike.

»Draußen. Ich mache gerade einen Morgenspaziergang. Ein Bus ist vorbeigefahren. Aber jetzt habe ich eine ruhige Ecke entdeckt.«

»Juliane hat dich vorgestern und gestern mehrfach versucht zu erreichen. Du bist nicht an den Apparat gegangen, da hat sie schon angefangen, sich Sorgen zu machen. Ich habe sie beruhigt. Wenn dir etwas passiert wäre, hätte die Heimleitung uns ja informiert.«

»Mir geht es gut.«

»Das klingt jetzt nicht überzeugend. Du hörst dich so ... ich weiß auch nicht.«

»Das muss an der Verbindung liegen. Die ist nicht sonderlich gut. Du, Mareike, hör zu ...«

Hilde wollte irgendeine Ausrede verwenden, um das Gespräch zu vertagen, um Zeit zu haben, sich eine Erklärung zurechtzulegen, doch ihre Stimme versagte. Unentwegt musste sie an Romy denken, die sich von Minute zu Minute weiter entfernte.

Von hinten näherte sich ein Wagen. Das Fernlicht ließ den Innenraum hell erstrahlen. Der andere Wagen verlangsamte, bremste ab und hielt vor ihr an. Eine Frau stieg aus.

»Du, Juliane – ach, Mareike –, warte mal kurz, ich

rufe in fünf Minuten zurück«, sagte Hilde. Schnell legte sie auf.

Von außen klopfte die Frau an die Seitenscheibe.

Auf dem Beifahrersitz klingelte erneut das Handy. Hilde nahm es und schaltete es vollständig aus, dann kurbelte sie die Scheibe herunter.

»Alles ist okay«, sagte sie und begann mit einer langen Erklärung, bis ihr einfiel, dass die Frau wahrscheinlich kein Deutsch verstand.

Die Frau erwiderte etwas, sprach so schnell, dass Hilde von dem Wortschwall überrollt wurde und nur die Sorge aus der Satzmelodie heraushörte.

»Tout est bien«, stotterte Hilde. »Tout va bien.« So hieß es richtig, jetzt fiel es ihr ein. »Je suis juste au téléphone. Passer un appel téléphonique.« Zur Verdeutlichung, was sie meinte, nahm sie das Handy, hielt es hoch, schaltete es wieder an und sofort begann es zu läuten.

Die Frau wünschte ihr eine gute Weiterreise, so viel verstand Hilde, dann kehrte die Frau zu ihrem Wagen zurück und fuhr weiter.

Hilde nahm das Gespräch erneut an.

»Du, Mareike, es ist gerade ganz schlecht. Kann ich dich irgendwann im Verlauf des Tages zurückrufen?«

»Weißt du, dass wir uns alle Sorgen machen? Du gehst nicht an deinen Apparat. Du klingst, als stehst du völlig neben dir. Was hältst du davon, wenn ich morgen an meinem freien Tag mal vorbeikomme? Wir können schön essen gehen. Uns mal wieder Zeit füreinander nehmen. Durch die Innenstadt flanieren. Oder ins Theater gehen, das ist ja ganz in der Nähe.«

»Das ist ganz lieb von dir, Mareike, ganz lieb …« Sie kniff die Augen zusammen, um besser nachdenken zu können. »Lass uns das gemeinsam machen, unbedingt. Es ist nur so: Du kennst doch sicher noch Frau Johannsen, oder?«

»Deine ehemalige Nachbarin?«

Hilde biss sich auf die Zunge. Sie hasste es zu lügen.

»Frau Johannsen hat eine Schwester, die hier ganz in der Nähe wohnt.« Hilde versuchte, überzeugend zu klingen. »Die Schwester, also die Schwester von Frau Johannsen, hat gerade ein Kind bekommen, ihr Mann hat sie verlassen. Ich habe ja nichts mehr zu tun, so habe ich ihr angeboten, sie im Haushalt zu unterstützen. Für sie zu kochen und einzukaufen. Es geht einfach darum, dass sie nicht allein ist, sondern das Gefühl hat, jemand ist für sie da.« Hilde fühlte sich grauenhaft. Sie wünschte, es würde sich vor ihr im Boden ein Loch auftun und sie verschlingen. Damit hatte sie es nicht besser gemacht, im Gegenteil. Was, wenn Mareike Frau Johannsen traf und auf deren Schwester mit dem Baby zu sprechen kommen würde?

Hilde musste sich zusammennehmen, um nicht mit dem Kopf vor Verzweiflung gegen das Lenkrad zu schlagen. Sie dachte daran, was Romy ihr erzählt hatte, wie das Mädchen es gehasst hatte, in den Jugendhilfeeinrichtungen über jeden Schritt Rechenschaft abzulegen. Was war geschehen, dass sie, Hilde, eine erwachsene Frau, dorthin gelangt war, dass sie bei ihrem überstürzten Weggang aus dem Heim als Erstes ihre älteste Tochter als Alibi verwendet hatte, als wäre sie selbst unmündig und nicht fähig, freie Entscheidungen zu treffen? Warum traute sie sich jetzt nicht, die Wahrheit zu sagen, sondern schob nun eine weitere Bekannte vor? Was war so verwerflich daran, dass sie es nicht über die Lippen brachte zuzugeben, dass sie allein war und dass sie alles Recht der Welt hatte, ihre eigenen Ideen zu verwirklichen?

»Du hilfst einer im Grunde völlig Unbekannten ...«

»Es ist doch keine Unbekannte. Auf jeden Fall bin ich deswegen beschäftigt, auch habe ich mich noch nicht richtig eingelebt. Mir geht es gut, sehr gut sogar, aber ich brauche Zeit, um zu mir zu kommen, um mich zu sortieren.«

»Okaaaay ...«, sagte Mareike lang gedehnt. Dann trat Stille ein.

Hilde öffnete die Augen wieder. »Ich will nicht, dass ihr euch Sorgen macht, wenn ich einmal nicht an den Apparat gehe. Mir geht es gut. Nur habe ich auch noch ein eigenes Leben. Das kannst du genau so an Juliane an Marius weitergeben. Und wenn es wichtig ist, ruft auf dem Handy an, das habe ich jetzt immer bei mir.«

Mareike seufzte. »Wie wäre es mit dem nächsten Wochenende?«

»Wie gesagt: Ich bin gerade sehr beschäftigt. Gib mir etwas Zeit.«

»Wie lange?«

»Meine Güte, Mareike! Falls du denkst, du musst mich besuchen, mich aufheitern, mich bespaßen – das ist Blödsinn. Ich will nicht, dass du dich für mich verantwortlich fühlst. Und ich möchte eine Weile für mich sein, um mich umzugewöhnen.«

Eine lange Stille trat ein.

»Aber du tust mir einen Gefallen, Mama. Ruf an, wenn dir danach ist. Wenn du Gesellschaft willst, sag Bescheid. Ich bin da.«

Hilde traten Tränen in die Augen, die sie schnell beiseitewischte. Sie versprach, sich bald zu melden, und beendete zügig das Gespräch mit Mareike. Dann startete sie wieder den Motor und fuhr weiter in Richtung Autobahn.

8

Dienstag, 27. September

An diesem Tag strahlte bereits früh am Morgen die Sonne am Himmel. Keine einzige Wolke war zu sehen. Es würde ein warmer Spätsommertag werden, der Wettervorhersage nach sollte das Thermometer noch einmal über zwanzig Grad steigen. Vom Telefonat aufgewühlt fiel es Hilde schwer, sich auf die Straße zu konzentrierten. Sie übersah eine Abzweigung und verlor weitere zehn Minuten, um eine Einbuchtung neben der Landstraße zu finden, um zu wenden.

Die Hoffnung, Romy wiederzutreffen, hatte sie aufgegeben. Es war inzwischen zu viel Zeit vergangen.

Doch dann, als sie auf dem Kreisel zur Mautstation abbog, sah sie die junge Frau am Rand stehen, die mit ausgestrecktem Arm den Daumen in die Luft hob.

Hilde hielt neben ihr, lehnte sich nach rechts und öffnete die Beifahrertür. Das Gespräch mit Mareike war in ihrer Erinnerung noch so präsent, dass sie bereits vergessen hatte, worum es in dem Streit mit Romy überhaupt gegangen war.

Romy blickte demonstrativ zur Seite und tat so, als würde sie weder Hilde noch den Wagen wahrnehmen.

»Romy, bitte«, sagte Hilde. »Steig ein.«

Romy reagierte nicht.

»Es tut mir leid, wenn ich etwas gesagt habe, das dich ...«

»War ja klar, dass jetzt so ein Müll kommt. *Wenn ich etwas gesagt habe* – so ein Blabla.«

Hilde schaltete den Motor aus. Sie schwieg, weil es ihr vorkam, als wäre jedes Wort, das sie sagte, falsch. Dabei wollte sie doch nur ausdrücken, dass es ihr leidtat!

»Ein Jahr lang habe ich mich durchgeschlagen.« Romys Stimme klang erstickt. »Ganz allein. Ich weiß, wie das Leben funktioniert. Da brauche ich bestimmt keine Schule mit einem Lehrer da vorne, der mich vollabert. Irgendein Hansel, früher mal ein Musterschüler, der dann zur Uni gegangen ist und sich jetzt vor die anderen stellt und so tut, als hätte er von irgendwas Ahnung.«

»Du bist wütend.«

»Ach nee. Was wärst du denn an meiner Stelle? So ein Bullshit, wie es läuft ... dann die Erwartungen, dass ich wieder zur Schule gehe. Soll ich so tun, als hätte es das letzte Jahr nicht gegeben?« Romy wurde immer lauter.

»Für mich sollst du gar nichts tun. Weder in die Schule gehen, noch eine Ausbildung machen. Du musst für mich auch nicht in den Wagen einsteigen. Ich komme allein zurecht. Mir geht es nicht um mich, sondern um dich.« Sie hielt die Spannung zwischen ihnen nicht mehr aus. So schnallte Hilde sich ab und stieg aus. Dabei übersah sie einen Laster, der sich mit überhöhtem Tempo von hinten näherte.

Er hupte laut und lang andauernd und scherte nach links aus, kurz darauf fuhr er durch die Mautstation. Fast hätte er die Fahrertür erwischt!

Hilde fluchte, dann ging sie auf die andere Straßenseite und setzte sich dort auf die Leitplanke. Die Lust auf die Reise war ihr vergangen. Doch noch abschreckender war die Vorstellung, in ihrem Zimmer in der Seniorenresidenz zu sitzen und nichts weiter zu tun, als auf den Tod zu warten. Da war es kein Trost, dass dort unzählige Menschen arbeiteten, die versuchten, ihr die Zeit bis dahin so angenehm wie möglich zu gestalten. Sie hätte dem Hausverkauf niemals zustimmen dürfen. Doch Überlegungen, die mit »hätte« oder »wäre« begannen, führten sowieso nicht weiter.

Romy setzte sich neben Hilde. Hilde seufzte erleichtert.

Wie still der Morgen war! Die nahe Autobahn war nur als leises Rauschen zu hören. Die Autobahnauffahrt war so abgelegen, dass nur alle paar Minuten ein Wagen vorbeifuhr. Hilde hielt ihr Gesicht in die Sonne, die bereits mit einer enormen Kraft strahlte. Vögel zwitscherten. Hilde bereute es, dass sie es nie gelernt hatte, Vogelstimmen auseinanderzuhalten.

»Es ist nicht zu spät«, sagte sie eher zu sich selbst als an Romy gerichtet. Sie nahm sich vor, die Unterscheidung von Vogelstimmen zu lernen. Es gab noch so vieles, was sie sich im Leben aneignen wollte.

»Ich brauche keine Schule.« Romy verschränkte die Arme.

»Du musst wissen, was du willst. Das muss jeder selbst wissen.«

»Hmm.« Das Grummeln von Romy wirkte versöhnlich.

Hilde wusste, dass sie nun den Mund halten sollte und das, was sie dachte, besser unausgesprochen blieb. Aber zu schweigen hatte noch nie zu ihren Stärken gezählt. »Es geht nicht darum, die Erwartungen anderer zu erfüllen und möglichst viel Geld zu verdienen. Die große Frage ist nur, und vor der kann niemand weglaufen: Was willst du denn vom Leben, Romy? Dein Platz ist bestimmt nicht auf der Straße. Es geht doch nicht ums reine Überleben. Unsere Existenz ist mehr als ein Kampf um Wärme und Nahrung.«

»Sondern?«

»Es gibt keine Antwort, die für alle gilt.«

»Was ist denn deine Antwort?«

Hilde lachte laut, obwohl ihr mehr zum Weinen zumute war. »Bloß weil ich 84 Jahre alt bin, habe ich auch nicht auf alles eine Antwort.« Sie knetete ihre Hände, bis die Haut sich rötete, dann schob sie die Finger zwischen ihre Oberschenkel. »In deinem Alter, da dachte ich, die Antwort wäre, wenn ich es meinen Eltern recht mache. Trotz Abitur habe ich eine Ausbildung in der Bäckerei meines Vaters angefangen – und auch abgeschlossen. Wenn ich tue, was andere von mir verlangen, würde ich geliebt und geschätzt, so meinte ich. Dann, mit 22, hat mein Vater mir einen Mann präsentiert. Seiner Meinung nach der perfekte Ehemann.

Das war der Wendepunkt. Ich bin ausgebrochen, habe am Sonntag meine Sachen in Kisten gepackt, als meine Schwester mit meinen Eltern in der Kirche war. Ich bin ausgezogen, habe angefangen zu studieren und als Bedienung in einem Café Geld verdient.

Dann kam Karl-Heinz. Ihn habe ich wirklich geliebt und er mich auch. Mit 25 wurde ich schwanger. Bald waren die Kinder da, wurden größer, zogen aus. Karl-Heinz ist tot. Und jetzt?«

»Lass uns einsteigen und weiterfahren. Zum Atlantik«, sagte Romy.

Für 250 Kilometer brauchte Hilde mit einer längeren Pause fast vier Stunden. Sie hatte gehofft, dass ihr das Fahren von Tag zu Tag leichter fallen würde, doch so war es nicht. Die Autobahn war leer, es gab keinen Stau, trotzdem fühlte sie sich erschöpft. Romy navigierte sie auf einen Platz an einem See nahe der Autobahn zwischen La Celle-Seint-Avant und Port-de-Piles.

Vor einer Schranke mit einem Automaten mit Touch-Display an der Fahrerseite blieb Hilde stehen.

Sie blickte sich um. Der Platz war so groß wie ein Fußballfeld und an drei Seiten von Wald umgeben. An der vierten Seite war die Landschaft offen, eine Wiese schloss sich an und in der Ferne leuchtete ein See blau in der Sonne. Ein Campingfahrzeug stand dort bereits.

»Ist doch ein guter Platz für die Nacht, oder?«, fragte Romy.

Hilde erkannte inzwischen schnell, dass an jedem Parkplatz eine Säule für Strom und Wasser stand. In der Nähe in den Ortschaften würden sie essen gehen können oder sich Nahrungsmittel kaufen.

»Es gibt keine Toiletten. Keine Duschen«, sagte Hilde. Der Platz war idyllisch, ein richtiges Paradies, doch das half wenig, wenn sie in einem Auto reiste und nicht in einem vollständig ausgestatteten Campingfahrzeug.

»Wir können im See schwimmen, da brauchen wir keine Duschen.«

»Ich verzichte nicht auf eine Toilette«, sagte Hilde. Nicht nur Romy hatte ihre Grenzen, auch sie, Hilde, ließ sich nicht auf jeden Kompromiss ein. »Und nein, ich gehe nicht in die Büsche.«

»Warte.« Romy ordnete ihre langen Haare mit den Fingern, dann stieg sie aus, sprang mit einem Satz über die Schranke und lief auf das geparkte Wohnmobil zu.

Aus der Entfernung beobachtete Hilde, wie Romy an der Tür des Mobils klopfte und kurz darauf im Innern verschwand.

Als Romy nach zehn Minuten noch immer nicht

wieder herausgekommen war, schnallte sich Hilde ab, um auszusteigen und nachzusehen. Doch dann trat Romy mit einem Lächeln auf dem Gesicht ins Freie.

Mit schwingenden Armbewegungen kam sie auf Hilde zu.

Sie setzte sich wieder auf den Beifahrersitz.

»Kein Problem«, sagte Romy. »Baptiste heißt der Franzose, dem das Wohnmobil gehört. Er hat sogar einen Kaffeevollautomaten, wie in einem Café, in seiner Küche. Und – du glaubst es nicht, was es alles gibt – eine Verbrennungstoilette hat er. Da bleibt nichts mehr übrig, nur ein Häufchen Asche, wenn du ... Aber das musst du selbst ausprobieren. Ich habe übrigens gesagt, ich bin mit meiner Oma unterwegs. Ist unkomplizierter. Baptiste ist supernett. Klar darfst du die Toilette nutzen. Er hat nicht mal gezögert, als ich gefragt habe. Er hat uns auch zum Abendessen eingeladen. Du solltest dir mal seinen Kühlschrank angucken! Was da alles drin ist ... Mehr als bei uns früher zu Hause.«

Hilde zögerte. »Wir kennen ihn doch gar nicht.«

»Dann ändern wir das.«

»Das können wir nicht einfach annehmen. Ohne Gegenleistung.«

»Manche Leute, die sind eben freundlich. Die fragen nicht nach einer Gegenleistung. Du bist ja zum Beispiel auch so eine.« Romy lachte laut auf, aber Hilde stimmte nicht ein. »Jetzt gibt dir schon einen Ruck. Und guck nicht so skeptisch!«

Der Gedanke an weitere Stunden auf der Autobahn

gab den Ausschlag für ihre Entscheidung. Hilde suchte die Kreditkarte aus dem Portemonnaie und Romy kümmerte sich darum, die Menüführung des Automaten zu begreifen. Wenig später öffnete sich die Schranke.

Noch bevor sie eingeparkt hatte, kam ihnen Baptiste entgegen. In den Händen hielt er drei Tassen Kaffee. Er stellte sie auf der Versorgungssäule ab, wartete, bis Hilde ausgestiegen war, und grüßte sie mit einem angedeuteten Handkuss. Dann reichte er Hilde den Kaffee.

Romy begann sofort, mit dem jungen Mann, den Hilde auf Anfang dreißig schätzte, zu plaudern. Romy sprach so gut Französisch, dass Hilde den beiden wie gebannt zuhörte. Sie selbst verstand nur einzelne Satzfetzen. Baptistes braunen Locken wippten bei jeder Kopfbewegung, mit den Händen gestikulierte er wild, um seine Worte zu untermalen.

Sie nippte erst vorsichtig an ihrem Kaffee, doch er schmeckte so fantastisch, dass sie sich zwingen musste, ihn nicht zu gierig auszutrinken.

Romy und Baptiste lachten viel. Baptiste beugte sich vor, als wolle er Romy küssen, doch dann trat er wieder einen Schritt zurück. Es war unübersehbar, wie begeistert Baptiste von Romy war. Hilde versuchte, Romys Gesichtsausdruck zu deuten. Es fiel ihr schwer, da Romy generell ihre Gefühle selten offenlegte – wahrscheinlich ein Schutzmechanismus, den sie sich in ihrem Jahr auf der Straße zugelegt hatte, um weniger verletzlich zu sein. Was Romy empfand, konnte Hilde nicht erahnen.

Hilde brauchte eine Weile, bis sie sich den Satz zurechtgelegt hatte, dann sagte sie auf Französisch: »Wir haben lange im Auto gesessen und wollen die Sonne ausnutzen, solange sie hoch am Himmel steht, und um den See wandern.«

Kurz befürchtete sie, Baptiste würde sich anschließen, doch er nahm die drei leeren Tassen und wandte sich in Richtung seines Wohnmobils.

»En passant … habt ihr Lust, am Abend bei einem Feuer zusammenzusitzen?«, fragte er und sprach betont langsam, um Hilde einzubeziehen.

Bevor Hilde überlegen konnte, hatte Romy zugesagt.

Beide Frauen verabschiedeten sich mit einem Winken. Hilde musste sich zwingen, sich nicht ständig umzudrehen, um zu erkennen, ob Baptiste aus seinem Fenster sah oder nicht. Sie fühlte sich beobachtet, was ihr gar nicht gefiel. Erst zwanzig Minuten später, als die Bäume vom See einen Blickschutz boten, war der Stellplatz außer Sichtweite. Jetzt erst hatte Hilde das Gefühl, frei sprechen zu können.

»Magst du ihn?«, fragte Hilde.

»Schon.«

»Ich finde, wie er dich angesehen hat … Wir können uns einen anderen Platz suchen, einen mit Toilette.«

»Unnötig.«

Das klang für Hilde nicht sonderlich überzeugend,

doch sie wusste, dass Romy jetzt nicht weiter über das Thema reden wollte, das hatte sie mit ihren einsilbigen Antworten mehr als deutlich gemacht.

Dann verharrte sie. Es klang, als hätte ihr Handy inmitten von Vogelstimmen geläutet, doch das Geräusch kam aus den Bäumen. Dort saßen unzählige schwarze Vögel, die sie zuerst für Amseln hielt. Sie waren kleiner und das Gefieder voller weißer Punkte. Auch sangen sie nicht wie Amseln, sondern es war ein einziges Geplapper, ein Gemisch aus den unterschiedlichsten Lauten. Sie pfiffen und schnalzten, zwischendurch war ein Zischen zu hören – gemischt mit Klängen, die sich anhörten wie das Handyklingeln.

»Stare«, sagte Romy.

»Sind die nicht grün?«

»Grün metallisch am Körper, ja, aber nur in der Brutzeit.«

»Und das?« Hilde blickte sich um, doch kein anderer Mensch war in der Nähe. Die Töne hatten ihren Ursprung eindeutig in den Bäumen.

»Sie imitieren andere Vögel. Und manchmal auch Handys.« Romy lachte.

Nun, da sie beide innehielten und die Stare betrachteten, wirkte Romy gelöster.

»Ich will auf unserer Reise lernen, Vogelstimmen zu unterscheiden«, sagte Hilde. »Aber wenn ich mir das hier anhöre, all die Varianten, glaube ich, das ist ein aussichtsloses Unterfangen.«

Romy zuckte mit den Schultern. Hilde wünschte sich, Romy würde etwas Aufmunterndes sagen, doch sie blickte weiter still zu den Vögeln in den Bäumen. Es waren unzählige.

»Wenn dir Baptiste unangenehm ist …«, begann Hilde von Neuem.

»Nein. Sage ich doch. Alles gut. Ich will nicht, dass du dauernd denkst, was ich denken könnte. Das ist total anstrengend. Wenn ich sage, es ist okay, ist es okay. Das nervt. Du bist nicht meine Mutter und ich nicht deine Tochter. Auf meine Mutter kann ich verzichten und auf einen Muttersatz erst recht.«

Hilde zuckte zusammen. »Ich habe es doch nur gut gemeint.«

»Ich will das nicht. Okay?«

Hilde nickte. Romy konnte so direkt sein! Ihr Hals wurde so eng, dass sie kaum noch ein Wort herausbrachte. Sie zwang sich, Romy nicht anzusehen und nicht darüber nachzudenken, ob Romy nun wütend war. Stattdessen konzentrierte sie sich auf den Weg. Romy war keine einfache Reisebegleiterin, trotzdem konnte sich Hilde eine Weiterreise ohne das Mädchen nicht mehr vorstellen.

Die Wiese war saftig grün. Auf ihr hüpften die verschiedensten Vögel herum. Enten schwammen im Wasser. Inzwischen war es Hilde so warm geworden, dass sie am Rücken schwitzte.

Sie verlangsamte ihr Tempo und Romy tat es ihr nach.

Schweigend liefen sie nebeneinanderher. Sie sprachen auch nicht, als sich die Spannung zwischen ihnen längst wieder aufgelöst hatte.

»Leg dich ruhig etwas hin, ich hole uns Essen«, sagte Romy, kurz bevor sie den Stellplatz erreichten.

Hilde wollte Romy Geld geben, doch Romy wandte sich ab. »Diesmal lade ich dich ein.«

Dankbar ging Hilde zum Wagen, um sich auf die Matratze im Kofferraum zu legen. Es dauerte nur wenige Minuten, dann war sie eingeschlafen.

Erst als Romy von außen ans Fenster klopfte und Tüten einer Boulangerie in die Höhe hielt, wachte sie wieder auf.

Sie setzten sich an die Picknicktische, um ihre belegten Baguettes zu essen, dazu tranken sie Wasser aus dem Hahn. Selten hatte Hilde etwas so gut geschmeckt. Langsam breitete sich in ihr ein Gefühl von Freiheit aus. Zum ersten Mal in ihrem Leben. Sie musste sich um niemanden sorgen oder kümmern. Jeder Tag war plötzlich eine Ansammlung von unzähligen Möglichkeiten. Sie stellte sich vor, dass sie noch jung wäre, so jung wie Romy, dann würde sie jetzt das Baguette beiseitelegen und auf der Wiese ein Rad schlagen.

Baptiste gesellte sich zu ihnen. Wieder bot er Kaffee an.

»Gern«, sagte Hilde. Nun kamen ihr die früheren Bedenken ihm gegenüber übertrieben vor. Sie dachte an Romys Worte. Warum glaubte sie, dass sie in erster Linie vorsichtig sein musste? Dass das Leben grundsätzlich gefährlich war?

Ihre Schultern lösten sich, ihr Gesicht entspannte

sich in der Wärme. Es roch nach Gras, Erde, nach Blumen und Sonne auf ihrer Haut.

Obwohl es noch lange nicht dunkel wurde, senkte sich schon bald die Sonne hinter den hohen Bäumen. Baptiste zündete ein Feuer an. Er holte eine Flasche Weißwein, die er teilte. Sogar richtige Gläser für alle hatte er dabei.

Sie rösteten Kartoffeln und Bratwürste, sie plauderten und lachten. Hilde war schnell beschwipst, lange hatte sie keinen Alkohol mehr getrunken – seit dem Tod von Karl-Heinz, wenn sie sich richtig erinnerte.

Manchmal saß sie nur still da und lauscht den Grillen, die immer lauter wurden, je mehr sich die Dunkelheit über die Landschaft senkte. Nach und nach verstummten die Vogelstimmen, nur zwei Käuzchen führten in einiger Entfernung eine Unterhaltung.

»Hu«, rief der eine Kauz in einer tiefen Stimmlage.

»Huhu«, antwortete der andere.

So ging es stundenlang.

Hilde fiel es nicht mehr schwer, Baptiste zu fragen, ob sie seine Toilette benutzen dürfte. Er zeigte ihr, wie die Technik funktionierte. Am Ende musste sie nur auf einen Knopf drücken, wie sie es gewohnt war. Er bot sogar an, nachts seine Tür geöffnet zu lassen, damit sie auch dann sein Bad nutzen konnte.

»Womit habe ich das nur verdient?«, fragte Hilde halblaut und dachte daran, dass sie sich möglicherweise gar nicht alles verdienen musste, sondern manchmal auch einfach Geschenke bekam, ohne Grund.

»Was hältst du davon«, fragte sie Romy kurz vor Mitternacht, »wenn wir noch einen Tag dableiben? Hier die Zeit genießen?« Es gab keine Eile, nichts, was sie drängte.

»Wie schön«, sagte Baptiste. »Morgen kommt ein Freund von mir vorbei. Den müsst ihr kennenlernen. Er heißt Hugo.«

9

Mittwoch, 28. September

Hugo sah mit seinem Bart aus, als wäre Karl Marx wiederauferstanden. Er war 69 Jahre alt und Gitarrenbauer, aber was Hilde noch wichtiger fand: Er spielte Gitarre – und wie er das tat!

Sie schwammen zu viert im See, kochten Pilze über dem Feuer, buken am Abend Stockbrot, das sie in Öl tunkten, und saßen noch lange nach Einbruch der Dunkelheit zusammen.

Gegen 23 Uhr legte sich Romy schlafen. »Ohne elektrisches Licht werde ich immer so schnell müde«, sagte sie.

Baptiste wollte nur kurz ins Wohnmobil, um einen Geburtstagsanruf bei einer Bekannten zu erledigen, fünf Minuten würde es dauern, nicht länger, doch auch nach zwanzig Minuten war er noch nicht zurückgekehrt. Leise klang seine Stimme durch das geöffnete Dachfenster. Verstohlen sah Hilde zu Hugo hinüber und hoffte, dass er sich nicht zu sehr beobachtet fühlte. Inzwischen musste sie nicht mehr an Karl Marx denken, wenn sie ihn ansah, sondern sie dachte nur noch, wie unendlich jung er war und es ihm gar nicht aufzufallen schien. Kühle Feuchtigkeit wehte vom See herüber, so setzte sich Hilde näher ans Feuer. Sie legte sich eine Decke über den Rücken und wenig später wurde es ihr wieder angenehm warm.

»Aber morgen bleibt ihr noch, oder?«, fragte Hugo. Er sprach besonders langsam, damit Hilde ihn verstehen konnte. Dafür war sie ihm dankbar.

Sie dachte lange über eine Antwort nach. Sie übersetzte jedes Wort, das sie sagen wollte, in Gedanken, dann überlegte sie die richtige Satzkonstruktion. Was dabei herauskam, erschien ihr wie das Stottern eines Kleinkindes, doch Hugo schien sich nicht daran zu stören. Hilde erzählte von dem Plan, am nächsten Vormittag aufzubrechen. Sie wollte unbedingt den Strand erreichen. Meer! Wellen! Ein riesiger Sandstrand! Bei der Vorstellung schloss sie die Augen. Wenn schon nicht Paris, dann der Atlantik. Noch einmal den Sommer in vollen Zügen genießen, obwohl er längst dabei war, sich zu verabschieden.

»Einen Tag, bleibt doch einen Tag«, sagte Hugo.

Er sah sie so intensiv an, dass ihr die Hitze in die Wangen stieg und ihre Ohren prickelten.

Mit einem Lächeln zwinkerte er ihr zu.

»Du bist betrunken«, sagte Hilde.

»Du bist schön.«

Nun war es Hilde, die laut auflachte. »Weißt du, wie alt ich bin?« Sie war uralt im Vergleich zu Hugo, der den Großteil des Jahres mit seinem selbst umgebauten Laster unterwegs war. Ein Riesenteil! Innen war mehr Raum als in den zwei Zimmern der Seniorenresidenz.

»Wir sind beide noch jung«, sagte Hugo. »Solange wir Pläne schmieden und sie umsetzen können, sind wir jung.«

Hilde schüttelte den Kopf. Das galt für Hugo, dem stimmte sie zu, doch nicht für sie. »Ich bin fünfzehn Jahre älter als du.«

»Was bedeutet schon ein Altersunterschied von fünfzehn Jahren? Meine verstorbene Frau, meine zweite Ehefrau, Gott habe sie selig, war einundzwanzig Jahre jünger als ich.«

Sie schob die Bilder beiseite, die nun in ihrer Erinnerung auftauchten. In ihrem Bekannten- und Freundeskreis hatte sie es in ihren Fünfzigern so oft erlebt, dass die Männer sich deutlich jüngere Geliebte nahmen, sich dann scheiden ließen und Frau und Kinder verließen. Karl-Heinz hatte immer zu ihr gehalten. Er war nicht einer dieser Männer gewesen. Auch Hugo sah nicht aus wie »einer dieser Männer«.

»Bernadette war erst fünfundvierzig Jahre alt bei ihrem Tod. Der Krebs schaut nicht nach dem Alter. Aber ich brauche kein Bedauern, im Gegenteil. Wir hatten eine wunderbare Zeit miteinander. Was ich sagen möchte ... Alt werden wir in erster Linie im Herzen. Es bemisst sich nicht in Lebensjahren.«

Er nahm ihre Hand. Seine fühlten sich weich und

warm an, nur seine Fingerkuppen der linken Hand waren verhornt, wahrscheinlich vom Gitarrespielen.

Ihr wurde es so warm, dass sie ein Stück vom Feuer wegrückte. Er saß nun so nah neben ihr, dass sie seinen Atem an ihrem Hals als ein Kitzeln fühlen konnte. Sie blieb sitzen und bewegte sich nicht. Stattdessen spürte sie, wie die Wärme sich in ihr immer weiter ausbreitete, als hätte jemand in ihrem Innern ein Feuer angezündet. Die Decke war von ihren Schultern gerutscht, doch auch ihr Rücken blieb warm. Weder der Wind noch die zunehmende nächtliche Kälte konnten ihr etwas anhaben.

Er drückte ihre Hand fester, strich gedankenverloren mit seinem Daumen über ihre Handrückseite, während er sie anblickte. Dann berührte er ihre Finger, einen nach dem anderen, die Zwischenräume zwischen ihren Fingern, er massierte die Handinnenseite. Sie wusste nicht, ob sie je eine Berührung so sehr genossen hatte. Sein Streicheln war so intensiv. Niemals hatte sie geglaubt, nach Karl-Heinz' Tod je wieder eine Verbindung dieser Art genießen zu können. Es hatte nichts Sexuelles, aber Hugo war bei ihr, ganz, mit all seinen Gedanken und Gefühlen, das spürte sie.

»Soll ich aufhören?«, fragte er.

»Nein«, sagte sie und schloss die Augen. Sie dachte an Karl-Heinz. Ob er von dort, wo er nun war, sehen konnte, was geschah? Wie würde seine Reaktion sein? Sie kam sich vor, als würde sie Verbotenes tun. Doch dann waren alle Zweifel und Gedanken von einer

Sekunde auf die nächste verschwunden und dort war nichts mehr außer Hugo und ihr, seiner Hand und ihrer Hand.

Kurz trat Baptiste aus seinem Wohnmobil. »Ich gehe schlafen. Das Gespräch war anstrengend. Warum muss nur alles im Streit enden?«, sagte er und verschwand, bevor Hilde oder Hugo eine Antwort geben konnten. Wenig später löschte er im Innern seines Fahrzeugs das Licht.

»Ihr wollt wirklich morgen schon wieder fahren?«, fragte Hugo. »Wir können noch einmal im See schwimmen. Eine Wanderung unternehmen. Ich habe dir gar nicht richtig meinen Laster von innen gezeigt.«

Hilde zog ihre Hand zurück, so angenehm es auch war, von ihm berührt zu werden. Sie wusste nicht, wie sie ihre Gefühle für ihn einordnen sollte.

»Wir kennen uns doch gar nicht«, sagte sie, obwohl es sich anfühlte, als würde sie ihn schon ewig kennen. Seltsam war, dass sie trotz ihrer schlechten Französischkenntnisse kein Problem damit hatte, ihn zu verstehen und ihm zu sagen, was sie ausdrücken wollte.

»Dann lernen wir uns kennen.« Er drehte den Kopf zu ihr, so war eine Gesichtshälfte von dem warmen Schein des Feuers erhellt, die andere Hälfte lag im Dunkeln.

»Hilde«, sagte er mit seiner weichen Stimme, wobei er das H nicht mit aussprach. Sein E ließ sie an einen Kuss denken.

»Wir fahren morgen.« Sie straffte ihren Körper.

»Was hältst du davon, wenn Baptiste und ich uns anschließen?«

Romy und Baptiste waren von Hugos Vorschlag, als Gruppe weiterzureisen, so begeistert gewesen, dass Hilde kaum eine Wahl geblieben war. Gedankenverloren packte sie nach einer kurzen Wanderung ihre wenigen Habseligkeiten zusammen.

Nun würden sie also zu viert sein. Der Plan war, im Konvoi erst in Richtung Bordeaux zu fahren, dann weiter zur Atlantikküste nach Lège-Cap-Ferret. 404 Kilometer lagen nach der Anzeige auf Romys Navigationsapp vor ihnen. Um 10:47 Uhr brachen sie auf.

Die Sonne strahlte bereits vom Himmel, so krempelte Hilde die Ärmel ihrer Bluse hoch und genoss die Wärme auf ihrer Haut. Lange hatte sie ihre Arme verborgen, auch im Sommer langärmelige Blusen und Pullover getragen, weil sie die vielen Falten und Altersflecken verbergen wollte. Doch in der Gegenwart von Romy im Kombi fühlte sie sich sicher und geborgen. Inzwischen war der Wagen für sie wie ein Schutzraum geworden. Sie verband mit ihm ein seltsames Gefühl von Heimat, obwohl sie sich fast täglich an einem anderen Ort befand.

Mit zwei längeren Pausen erreichten sie um halb sechs am Abend einen Parkplatz unter Pinien. Andere Wohnmobile standen bereits hier, so viele, dass Hilde sie gar nicht beim Vorbeifahren zählen konnte. Doch trotz der Fülle entstand keine Enge, weil die Bäume verhinderten, dass die Fahrzeuge zu dicht aneinander parkten.

Baptist entschied, die drei Wagen in einer U-Form abzustellen, um in der Mitte eine gemeinsame Freifläche zu schaffen. Hilde war froh, dem Vorschlag zu folgen, bot er doch Orientierung auf diesem großen und unübersichtlichen Platz. Sie spürte die Erschöpfung nach der Fahrt intensiver als zuvor, sosehr sie sich auch freute, angekommen zu sein. Langsam fuhr sie über hochstehende Wurzeln und versuchte, eine Position zu finden, in der der Kombi möglichst eben stand. Dann stieg sie aus.

Von der anderen Seite des Platzes schallten leise Gespräche herüber. Kinder lachten. Hunde liefen frei herum und balgten sich, hielten sich zu Hildes Erleichterung aber von ihr fern. Es herrschte ein buntes Treiben.

»So, da wären wir«, sagte Hugo mit einem Lächeln. Zufrieden schaute er sich um. »Der Strand wartet!«

Hilde schüttelte den Kopf. Die Fahrt war länger gewesen als die Etappen, die sie zuvor zurückgelegt hatte. Sosehr sie sich auf das Meer gefreut hatte, nun konnte sie sich nicht vorstellen, weiter auf den Beinen zu bleiben.

»Geht ihr mal«, sagte Hilde. »Ich ruhe mich lieber erst einmal aus.« Allein beim Gedanken an die Matratze im Kofferraum wurden ihre Glieder noch müder, der Rücken fühlte sich gebeugter an und die Augenlider schwerer.

Baptiste und Romy versuchten, sie zum Mitkommen zu bewegen, bis Hugo sagte: »Es wird bald dunkel. Eigentlich wollte ich auch noch Gitarre üben. Ich bleibe bei Hilde.«

Hugo kochte für Hilde einen Tee. Das Angebot, in seinem großen Gästebett zu liegen, lehnte Hilde ab. Sie wollte sich im Kombi ausruhen, auf ihrer Matratze, mit ihren eigenen Kissen und Decken, in dem Geruch, der ihr so bekannt war und der sie an Karl-Heinz erinnerte.

Hugo war enttäuscht, das konnte sie ihm ansehen, der Glanz verschwand aus seinen Augen und seine Schultern wölbten sich nach vorn. Trotzdem drängte er sie nicht.

Hilde setzte sich unter die geöffnete Kofferraumklappe, betrachtete das lebhafte Treiben in einiger Entfernung und trank dabei ihren Tee. Hugo saß eine Weile neben ihr, bis Hilde ausgetrunken hatte und aufstand. Hugos Blick wurde wehmütig.

»Ich gehe dann mal«, sagte er mit einem Nicken zu seinem Laster.

»Lässt du für mich die Tür offen stehen, wenn du Gitarre spielst?«, fragte Hilde. »Ich höre dir gerne zu.«

Das Strahlen kehrte in Hugos Augen zurück. Mit einer Umarmung verabschiedete er sich.

Sie lehnte sich an die von der Sonne warmen Karosserie, blickte sich noch einmal um und sog den würzig harzigen Geruch der Pinien ein. Wenn sie nach oben schaute, weiter durch das Grün der langen Nadeln, sah sie das strahlende Blau des Himmels. Nicht eine Wolke war zu sehen. Aus Hugos Laster drangen nun melancholische Gitarrentöne, Tonfolgen, die sich immer mehr beschleunigten und sie an argentinischen Tango denken ließ.

Dann zog Hilde ihre Schuhe aus und krabbelte auf ihre Schlafstelle. Das hintere Seitenfenster kurbelte sie etwas herunter, um Hugos Gitarrenspiel besser zu hören. Durch die U-förmige Parkanordnung fühlte sie sich geschützt und geborgen. Die Musik war ein an- und abschwellendes Plätschern, das sie wie ein Blatt auf einem Bach mit sich trug ins Reich der Träume.

10

Freitag, 30. September

Das Erste, was Hilde beim Aufwachen registrierte, war die Stille. Es war nichts zu hören außer dem Rauschen des Windes in den Pinien, kein Auto, kein Flugzeug. Kühle Luft wehte durch die noch immer halb heruntergelassene Scheibe. Die tief liegende Sonne strahlte hell zwischen den Stämmen hindurch. Von all den Menschen, die Hilde bei ihrer Ankunft gesehen hatte, war nun niemand mehr zu entdecken. Sie richtete sich halb auf und schaute sich um. Die Tür zu Hugos Laster war noch immer geöffnet. Davor hatte Romy sich eine Plane gespannt, unter der sie schlief. Es war eine zeltartige Konstruktion mit einem Seil zwischen Fahrzeug und einem Baum.

Hilde brauchte eine Weile, um zu verstehen, dass eine ganze Nacht vergangen war, dass es dunkel und wieder hell geworden war, ohne dass sie es registriert hatte, so erschöpft war sie von der Fahrt gewesen. Ihr

Rücken fühlte sich von dem ungewohnt langen Schlaf steif an.

Sie sah auf die Uhr. Kurz vor sieben. Genüsslich streckte sie sich im Liegen, spannte und entspannte alle Muskeln nacheinander, dann krabbelte sie aus dem Kofferraum und schaute sich um. Niemand außer ihr war im Freien, so startete sie in den Tag mit den Rückenübungen, die ihr ihre Physiotherapeutin vor Jahren schon ans Herz gelegt, für die Hilde aber bisher keine Zeit gefunden hatte. Nach und nach merkte sie, wie ihre Muskeln und Gelenke wärmer und dehnbarer wurden, als würde sie von Minute zu Minute um Jahre jünger werden.

Ein Schatten, der über sie fiel, ließ sie aufmerken.

Hilde schaute erschrocken auf und blickte in Hugos Gesicht. Er lehnte mit einer Tasse Kaffee in der Hand an ihrem Wagen. Wie lange mochte er ihr schon zugesehen haben?

»Bonjour! Ich wollte dich nicht erschrecken.« Er stellte seine Tasse auf dem Kotflügel ab und umarmte sie zur Begrüßung. »Hast du gut geschlafen?«

»Wie seit Jahren nicht mehr.«

»Darf ich dich zum Frühstück einladen?«, fragte er.

Hilde zögerte, doch das Angebot konnte sie nicht ablehnen. Ihre Vorräte waren inzwischen stark dezimiert und sie hatte sich noch keinen Überblick über die Umgebung verschaffen können, ob es irgendwo in der Nähe eine Boulangerie oder einen Supermarkt gab.

»Sehr gerne«, sagte Hilde.

Sie musste fünf Metallstufen erklimmen, um in sein Fahrzeug zu gelangen.

Auf halber Strecke stutzte sie. Unter der Plane auf dem Boden lag zwar Romys Schlafsack, doch dort schlief niemand. Es war nur eine leere Hülle. Hilde bückte sich, um genauer unter die Plane zu sehen. Romy war nirgends zu entdecken. Kleidungsstücke lagen ordentlich gefaltet neben der Isomatte.

Dann hörte Hilde ein helles Lachen aus Baptistes Wohnmobil. Hinter dem Fenster bewegten sich zwei Schatten, wenig später öffnete Romy von innen ein Fenster. Ihre Haare waren zerzaust, das Gesicht gerötet. Lippenstift verschmiert. Romy winkte Hilde mit einem Lachen zu.

Hilde grüßte und merkte, wie sie errötete. Erleichtert registrierte sie, dass Romy sich bereits wieder abgewandt hatte und im hinteren Bereich von Baptistes Mobil verschwunden war. Langsam stieg Hilde weiter die Stufen empor. Schnell waren die Gedanken an Romy und Baptiste vergessen.

Begeistert schaute sie sich in Hugos Fahrzeug um. Es roch nach frisch aufgebackenen Croissants und Kaffee. Ein riesiges Bett befand sich abgetrennt von einer Tür im Heck, vor ihr lag eine Sitzgruppe, an der sechs oder acht Personen Platz finden konnten. Die Küche war geräumig und mit allem ausgestattet, was auch Hilde früher in ihrem Haus besessen hatte: Kühlschrank, Herd und Backofen, sogar eine Mikrowelle war vorhanden und ein Gewürzregal in einer solchen Dimension, dass deutlich wurde: Das Kochen war neben dem Gitarrespielen Hugos zweite Leidenschaft.

»Setz dich«, sagte Hugo mit einer ausladenden Handbewegung. Aus dem Nachbarmobil erklang Romys hohes Kichern, unterbrochen von Baptistes weicher Stimme.

Hilde schloss die Tür, dann setzte sie sich. Auf dem Tisch stand ein Strauß Wiesenblumen, Zimmerpflanzen hingen an Blumenampeln an der Decke. An der Wand befand sich das gerahmte Foto von einer jungen Familie, Vater, Mutter und zwei Kindern, die vor einem Restaurant posierten.

»Mein Sohn, Léo«, sagte Hugo und stellte Teller und Besteck vor Hilde auf den Tisch. Wasser in der Kaffeemaschine zischte. »Mit seiner Familie. Das Restaurant im Hintergrund – siehst du es?«

Hilde nickte. Sie registrierte verwundert, wie leicht es ihr inzwischen fiel, Hugo zu verstehen, obwohl sie noch gar nicht so viel Zeit miteinander verbracht hatten.

Das Restaurant wirkte gemütlich mit den liebevollen Blumenarrangements als Tischdekoration, den weißen Sonnenschirmen über den Tischen und den bunten Sitzkissen auf den Holzstühlen. Im Hintergrund des Fotos war das Meer zu erkennen.

»Es ist hier ganz in der Nähe, vielleicht eine Stunde Fahrtzeit entfernt, nicht länger. Ich habe das Haus vor vierzig Jahren gekauft, dort bis vor drei Jahren gelebt.« Seine Stimme wurde leiser.

Hilde erinnerte sich, wie er erzählt hatte, dass vor

drei Jahren seine Frau Bernadette gestorben war. Kurz schloss Hugo die Augen, dann öffnete er sie wieder und versuchte zu lachen, doch Hilde entdeckte die Trauer in seinem Gesicht.

»Ich habe Léo das Gebäude überschrieben, das Restaurant und auch die darüberliegende Wohnung. Jetzt lebt er mit seiner Familie dort.«

»Du vermisst diesen Ort«, sagte Hilde.

Hugo zuckte mit den Schultern. »Das ist der Lauf des Lebens.«

»Du bist Gitarrenbauer. Hattest ein eigenes Restaurant ... Wie hast du das alles geschafft? Die Zeit ...« Hilde suchte nach den richtigen Worten und fand sie nicht. Für Hugo mussten die Tage 48 Stunden gehabt haben.

»Im Sommer gab es im Restaurant viel zu tun, bis weit in den Herbst hinein. Aber im Winter kommen keine Touristen. Dann wird es an der Küste still und einsam. Der Wind und der Regen werden so stark, dass niemand mehr freiwillig hinausgeht. In den Wintermonaten habe ich in meiner Werkstatt gearbeitet. Im Sommer hinter dem Tresen gestanden.« Wehmut schwang aus seinen Worten mit.

»Und deine Werkstatt ...«, begann Hilde.

»Ausgeräumt. Dort steht jetzt eine Tischtennisplatte. Später soll es einmal ein Partykeller werden.« Er goss Kaffee in zwei Tassen und setzte sich Hilde gegenüber. »Ich bin gern unterwegs. Und ich möchte nicht wieder zurück. Es ist gut, dass Léo das Restaurant weiterführt. So hat er ein gutes Auskommen.«

Ohne aufzustehen, griff er zum Ofen und nahm die Croissants heraus. Auch den Kühlschrank erreichte er von seinem Sitzplatz aus. Bald war der Tisch reich gedeckt.

»Et patati et patata …«, sagte Hugo, »wir werden älter. Wir übergeben das Zepter an unsere Kinder und die wieder an deren Kinder und Enkel. Hast du Familie?«

»Ja. Drei Kinder, Juliane, Marius und Mareike, die Jüngste. Dann einen Enkel, er heißt Simon, und inzwischen sogar zwei Urenkel. Zwillinge, Mia und Matteo, die bald ein Jahr alt werden.«

Hilde schob den Gedanken an Juliane beiseite und daran, dass sie noch immer nicht zugegeben hatte, dass sie mit dem Kombi unterwegs war. Es kam ihr vor, als täte sie etwas Verbotenes.

Erst jetzt registrierte sie, dass sie begonnen hatte, das Croissant zwischen ihren Fingern zu zerbröseln. So schob sie mit ihrem Kaffeelöffel all die Krümel auf ihrem Teller zusammen und aß sie auf.

Als könnte ihre älteste Tochter Gedanken lesen, klingelte das Telefon. *Juliane*, stand auf dem Display.

Hilde verschluckte sich am Kaffee. Am liebsten hätte sie den roten Kreis gedrückt und damit das Gespräch auf die Mailbox umgeleitet, doch sie wusste, dass Juliane hartnäckig war. Der Gedanke an den unvermeidlichen Rückruf würde ihr das Vergnügen am Frühstück nehmen.

»Ich muss ran«, sagte sie, drückte den grünen Button und trat ins Freie, obwohl sie nicht davon ausging, dass Hugo sie verstehen konnte, wenn sie Deutsch sprach. Trotzdem war es ihr unangenehm.

»Hallo Mama, hast du meine Nachrichten nicht bekommen?«, begann Juliane.

»Nachrichten?« Sie stellte den Lautsprecher an, wählte das Hauptmenü und entdeckte neben dem blauen Icon der Nachrichtenapp eine Sechzehn. »Ja.« Hilde schaltete den Ton wieder leise. »Jetzt sehe ich sie.« Sie klickte auf die App, doch die Nachrichten erschienen in so einer kleinen Schrift, dass Hilde sie ohne ihre Lesebrille nicht entziffern konnte. Und die Brille befand sich irgendwo im Kofferraum neben der Matratze zwischen den Kleidungsstücken.

»Du musst regelmäßig auf das Handy sehen, dafür hast du es ja«, sagte Juliane. »Wie es funktioniert, hast du ja verstanden.«

Hilde lehnte sich an die Karosserie, die angenehm warm von der Morgensonne war. Es fühlte sich an wie eine Heizdecke im Rücken.

»Bist du noch da?«, fragte Juliane.

»Ja.«

»Geht es dir gut? Hast du dich inzwischen eingelebt?«

»Ja.«

»Was ist denn heute nur los mit dir?«

»Es ist alles gut. Mir geht es gut. Sehr gut sogar. Es ist nur ... ich bin gerade beim Frühstücken.«

Aus einem der weiter entfernten Wohnmobile sprangen zwei Hunde, die balgend und bellend ins Freie rannten. Sie umkreisten Hilde, dann sprinteten sie um die Wette zur Mitte des Platzes, um sich dort knurrend und zähnefletschend auf dem Boden zu wälzen. Zu spät kam Hilde auf die Idee, mit einem Finger den Lautsprecher abzudecken.

»Was ist das denn?«, fragte Juliane.

»Ich bin gerade kurz ins Freie gegangen, damit wir ungestört telefonieren können.«

»Bei dem Regenwetter? Gießt es bei euch nicht in Bindfäden? Und was ist das für ein Gebell?«

»Das Wetter ist gerade okay. Gar nicht schlecht. Irgendjemand hat seine Hunde im Park laufen lassen. Sie sind aber wieder an der Leine und der Besitzer ist mit ihnen weitergegangen.« Sie blickte sich um. Aus einem der Wohnmobile sprangen Kinder heraus. Sie hoffte nur, dass niemand auf die Idee kam, so früh am Tag schon die Musik anzuschalten wie am Vorabend. Eine solche Partystimmung würde sich nicht mit dem üblichen Treiben im Kurpark erklären lassen.

»Also wir haben uns überlegt«, fuhr Juliane fort, »dass wir alle zusammen Mias und Matteos ersten Geburtstag im Dezember feiern. Wir kommen zu dir, die ganze Familie, dafür reservieren wir einen großen Tisch. Marius und Mareike haben auch schon zugesagt. Anfangs habe ich an ein Restaurant gedacht, aber du weißt, wie das mit Einjährigen ist. Bei dir in der Seniorenresidenz gibt es doch viele Säle, die für Feierlichkeiten genutzt werden können. Ich habe mal versucht, bei der Verwaltung anzurufen. Sie haben mich von einem zum anderen verbunden, ohne dass ich eine klare Antwort bekommen habe. Kannst du mal heute oder morgen persönlich hingehen und abklären, ob sie uns am dritten Dezemberwochenende einen Raum zur Verfügung stellen können für die Feier? Dann organisiere ich das Catering.«

Hilde rechnete. Bis dahin waren es noch drei Monate Galgenfrist. Das Blut rauschte wellenartig in ihren Ohren, was sie an einen Countdown erinnerte, der nun gestartet hatte. Wenn Juliane telefonisch nichts erreicht hatte, würde es ihr, Hilde, genauso wenig gelingen. Sie seufzte.

»Kannst du das tun?«, fragte Juliane.

»Meinst du nicht, wir sollten erst mal schauen, was kommt? Was die nächsten Wochen mit sich bringen? Ende Dezember – das ist noch so weit hin. Es ist ja so verrückt geworden hier in dem Land, man weiß ja nie, was sie sich von der Regierung oder von der Heimleitung kurzfristig an Regulierungen einfallen lassen. Und ob es dann möglich ist, dass wir uns mit der Familie einfach so treffen, insbesondere im Heim mit all den alten Leuten ...« Sie hielt inne und kam sich wie eine ganz schlechte Schauspielerin vor. Aus der Leitung klang ein auf- und abschwellendes Rauschen. »Juliane?«

»Du machst dir zu viele Gedenken. Wenn es notwendig ist, wechseln wir eben kurzfristig den Ort, klappern noch einmal die Restaurants ab, aber es geht doch erst mal darum ...«

»Ich muss dir etwas sagen.« Ihr Hals fühlte sich eng an, ihre Beine und Hände zittrig. Sie kehrte in Hugos Laster zurück, setzte sich an den Tisch und trank ihren Kaffee, der inzwischen abgekühlt war, in einem Zug aus. Als ahnte Hugo, wie aufgewühlt sie innerlich war, nahm er ihre Hand und drückte sie.

Hilde genoss die Berührung so sehr, dass sie seufzte. Sie erwiderte Hugos Händedruck. Das Zittern ihrer Beine wurde stärker, doch nun saß sie zumindest.

»Es ist wirklich nicht zu viel verlangt, dass du nach dem Frühstück zur Heimleitung gehst und kurz nachfragst, ob ...«, begann Juliane.

»Es geht nicht.« Hilde nahm all ihren Mut zusammen und wappnete sich innerlich gegen das Donnerwetter, das nun über sie hereinbrechen würde. Es musste ein Ende haben mit den Lügen. Sie war eine erwachsene Frau wie Juliane auch. Und sie wollte aufhören, irgendjemand anderen als Ausrede zu benutzen. Noch immer bereitete es ihr Magendrücken, wenn sie daran dachte, wie sie Juliane bei ihrer Abreise vom Heim als Alibi benutzt hatte, als ginge es darum, eine Straftat zu vertuschen. Genauso schlecht fühlte sie sich, weil sie Juliane gegenüber die Geschichte mit Frau Johannsens Schwester und dem Neugeborenen erfunden hatte.

Hilde setzte sich aufrecht hin. Nun war auch das Zittern ihrer Beine verschwunden. Sie drückte Hugos Hand fester, blickte aus dem Fenster auf die Pinien. Warum war es nur so ungeheuer schwer, den Wunsch abzulegen, es allen recht zu machen und niemandem Sorgen zu bereiten?

11

Freitag, 30. September

»Ich kann nicht zur Heimleitung gehen, weil ich nicht im Heim bin«, sagte Hilde.

»Wo bist du denn?« Juliane hustete. Ihr Atem beschleunigte sich.

»An der Atlantikküste.« Nun war es heraus.

Hugo erwiderte ihren Händedruck. Sie blickte durch das Fenster nach draußen, lehnte sich beiseite, bis sie an den Pinienstämmen emporsehen konnte, zwischen dem Grün der Nadeln hindurch weiter zum noch immer strahlend blauen Himmel. Durch den Lautsprecher des Telefons erklangen ein Knacken und Julianes beschleunigter Atem, während Hildes schlechtes Gewissen so laut schrie, als säße ein wütender Zweijähriger direkt auf ihrer Schulter. Doch sie zwang sich, nicht darauf zu achten, dieses eine Mal nicht! Egal, was Juliane sagen würde, Hilde würde nicht zurückfahren, sondern die Reise fortführen. Es war ihr Leben, ihre Wahl, ihre Entscheidung, bei der sie zum ersten Mal nur für sich selbst Verantwortung trug, nicht für ihren Mann, nicht für ihre Kinder, die längst keine Kinder mehr waren. Es war nicht ihre Aufgabe, für den Seelenfrieden anderer zu sorgen.

Juliane schnappte hörbar nach Luft, dann hustete sie. Das Husten ging in ein Räuspern über.

»Du bist was?«, fragte Juliane.

»Lège-Cap-Ferret heißt der Ort in der Nähe, soweit ich mich erinnere. Es ist südwestlich von Bordeaux. Frankreich.«

»Wie bist du ... warum ... wie kann das sein ... Mama! Mama! Um Himmels willen! Du bist in Frankreich? Wie ...« Juliane klang entsetzt, als hätte Hilde gerade verkündet, auf einer Brücke zu stehen und hinunterspringen zu wollen. Dann versagte Julianes Stimme. Sie räusperte sich, schließlich fragte sie: »Wie bist du da hingekommen?«

»Mit dem Kombi von Karl-Heinz. Er stand noch in einer Seitenstraße.«

»Du hast dich hinters Steuer gesetzt und bist losgefahren?«

»Ich habe einen Führerschein.« Hilde lachte. Sie merkte, wie ihr Atem langsamer ging, wie sich ihre Aufregung legte. Sie nahm ihre Hand aus der von Hugo und ballte sie zu einer Faust, um sie nicht fest auf die Tischplatte zu schlagen. Ein Gefühl regte sich in ihr, das ihr Mut gab und ihr gleichzeitig Angst bereitete, dieses innere Beben, das immer größer wurde, sie aber auch erleichterte und Distanz schaffte. Sie brauchte eine Weile, bis sie begriff, dass es Wut war.

Wut!

Sie, Hilde, eine der friedlichsten Personen überhaupt, die wusste, wie es war, sich enttäuscht zu fühlen, hilflos zu sein oder traurig, verspürte Wut.

Bebende Wut.

Sie überlegte, wann sie dieses Gefühl zuletzt an sich bemerkt hatte. Soweit sie sich erinnerte, war es bei dem Streit mit ihrem Vater gewesen, als sie ihm verkündet hatte, dass sie nicht ihr Leben lang als seine Angestellte in seiner Bäckerei arbeiten würde, sondern dass sie Lehrerin werden würde und sich bereits für das kommende Semester an der Pädagogischen Hochschule eingeschrieben hatte.

Es tat gut, wütend zu sein.

Hilde dachte sich, dass sie in ihrem Leben viel zu selten die Wut zugelassen hatte, die nun aus ihr hinausbrach.

»Ich habe mich hinters Steuer gesetzt und bin losgefahren«, sagte Hilde. Ihre Stimme klang rau, als käme sie von einer anderen Person.

»Du bist jahrelang nicht gefahren. Jahrelang? Ach was, das waren Jahrzehnte! Und du bist über achtzig.«

»Dann wird es Zeit, dass ich damit wieder beginne. Nicht, dass ich das Fahren noch ganz verlerne.«

»Wer ist bei dir? Wer hat dir solche Flausen in den Kopf gesetzt? Ist es dieser ältere Herr im Zimmer gegenüber, der immer einen schwarzen Frack trägt? Der früher einmal Dirigent war, ist es der? Hat er …«

»Juliane!« Hilde hielt inne. Sie hatte Juliane unterbrochen, was sie sonst nie tat. »Ich persönlich habe entschieden aufzubrechen. Eigentlich wollte ich nach Paris, aber es hat sich anders ergeben. Niemand hat mir *Flausen in den Kopf gesetzt*, wie du dich ausdrückst.« Nun wurde Hilde doch lauter, obwohl sie sich vorgenommen hatte, ruhig zu bleiben. »Was weißt du schon von mir? Hast du mich je anders wahrgenommen als deine Mutter, die dafür da ist, deine Bedürfnisse zu erfüllen? Du bist erwachsen, Juliane, und ich bin es genauso. Ich habe ein Recht darauf, meine Ideen zu verwirklichen, so wie du es auch tust.«

»Deine *Ideen verwirklichen*?« Juliane sprach die Worte übermäßig gedehnt aus. »Das klingt nach einer absoluten Schnapsidee.«

»Stop. Das brauche ich mir von dir nicht sagen zu lassen. Du fliegst nach Mauritius, dazu habe ich geschwiegen. Wie sündhaft teuer das war! Für die wenigen Tage. Du bist in deinem Leben unzählige Male in Flugzeuge gestiegen, um die Welt gejettet. Während ich bisher nie, auch nicht ein einziges Mal geflogen bin und nur verzichtet habe – für dich. Ja, für dich, für Marius und Mareike. Für Karl-Heinz. Für euch alle. Damit ihr es einmal besser habt. Und jetzt willst du mir versagen, in den Wagen zu steigen, den Karl-Heinz für uns gekauft hat, für sich und für mich, und nach Frankreich zu fahren?«

»Du bist jahrzehntelang nicht gefahren, das ist auch ein Sicherheitsaspekt. Du bist gerade in die Seniorenresidenz gezogen ...« Julianes Absätze klackerten auf dem Parkett. Hilde sah ihre älteste

Tochter in Gedanken vor sich, wie sie in ihrem Wohnzimmer auf und ab lief, bereits in den eleganten Pumps, dem engen knielangen Rock und passenden Blazer, wie sie sich täglich für die Arbeit in ihrer Anwaltskanzlei kleidete.

»All das waren Fehler«, sagte Hilde. Jeder einzelne davon fühlte sich nun, im Nachhinein, wie eine Brandwunde tief in ihrem Innern an. »Ich hätte dem Hausverkauf niemals zustimmen dürfen. Nicht dem Umzug in dieses Heim. Ich habe viel zu oft in meinem Leben *ja* gesagt, wenn ich hätte *nein* sagen sollen.«

»Was redest du? Du bist nicht bei Verstand.«

»Ich bin zum ersten Mal seit langer Zeit absolut klar im Kopf. Und den Fehler meines viel zu häufigen Schweigens habe ich auch eingesehen. Das ändere ich jetzt.«

»Sag mir, wo du bist, und ich hole dich ab.«

Hilde stand auf. Sie hielt es nicht mehr aus, still zu sitzen. Wütend ruckelte sie innen an dem Türgriff, der sich nicht bewegte, bis Hugo sie sanft beiseiteschob und die Tür für sie öffnete. Dann trat sie ins Freie.

»Wo bist du?«, fragte Juliane.

»Es spielt für dich keine Rolle. Ich bin hier, weil ich hier sein will. Und ich bleibe hier, weil ich es auch will.«

»Mama!«

»Ab jetzt treffe ich meine eigenen Entscheidungen, die ich mit niemandem abzustimmen brauche. Punkt und Ende.«

»Du bist verrückt!«

Hilde legte auf. Sie lehnte sich an einen Pinienstamm und ließ sich auf den Boden sinken. Der Stamm fühlte sich harzig auf ihrer Kleidung an, die Piniennadeln vom sandigen Boden blieben am Stoff kleben. Sie würde den Harz mühsam herauswaschen müssen. Trotzdem stand sie nicht auf.

So oft hatte sie sich in ihrem Leben vorgestellt, allen anderen die Meinung zu sagen, endlich nicht mehr zu schweigen, stattdessen aufzubegehren. Nicht nachgiebig zu sein, sondern für sich selbst einzustehen. In ihrer Vorstellung war es jedes Mal eine Erleichterung, ihre Gedanken ausgesprochen zu haben.

Doch die Wahrheit war anders als ihre Fantasie. Ihr Magen krampfte sich vor Anspannung zusammen. Sie fühlte sich nicht gut, sondern schlecht. Dass sie das Gespräch unterbrochen hatte, war, als hätte sie Juliane eine tiefe Klippe hinuntergestoßen, weg von sich. So sehr wünschte sie sich, dass Juliane zurückrief. Mochte Juliane schreien, mochte sie ihrer Wut Ausdruck verleihen. Nichts war schlimmer als das Schweigen, das Hilde nun umgab und sie mit sich zog wie ein dunkler Strudel.

»Hilde?«, fragte Hugo. Er stand unschlüssig vor seinem Wohnmobil, mit der Hand an der Tür. »Komm wieder rein.«

Hilde richtete sich auf und drehte sich weg von ihm, damit er ihre Tränen nicht sah, die sich nun aus ihren Augenwinkeln lösten. Es tat ihr leid um das Frühstück, das noch auf seinem Tisch stand, um die Blumen in der Vase neben den Tellern, die so frisch waren, dass er sie wahrscheinlich extra für sie besorgt hatte.

Sie schüttelte den Kopf. »Gib mir etwas Zeit.«

Es gab so viel, was sie Juliane noch sagen wollte, das nun unausgesprochen blieb. Es konnte doch nicht der Sinn des Lebens sein, dass es immer die einen gab, die ihre Träume verwirklichten, die erfolgreich waren und bewundert wurden, um den Preis derer, die sich unterordneten, die eigenen Wünsche zurückstellten und sich aufopferten bis zum Tod!

Noch einige Minuten wartete sie vergeblich auf einen Rückruf von Juliane, dann spürte sie Hugos Hand auf ihrer Schulter.

»Lass uns zum Strand gehen«, sagte er.

Hilde blickte sich um. Romys provisorisches Nachtlager war verschwunden. Alle Fenster, auch die Dachluken von Baptistes Wohnmobil, waren geschlossen. »Wo sind Romy und Baptiste?«

»Auf der Suche nach einer Wasserstelle.«

Hilde nickte gedankenverloren. Auch ihre eigenen Wasservorräte gingen zur Neige, doch sie war zu aufgewühlt, um sich jetzt darum zu kümmern. Hugo hatte ihr von seinen großen Wassertanks erzählt, bestimmt würde er ihre Plastikflaschen auffüllen.

»Lass uns zum Strand gehen«, wiederholte Hugo.

Hilde zögerte. Sie dachte an das Telefonat mit Juliane. So oft hatte Hilde Dinge getan, die sie nicht hatte tun wollen. Wie oft sie sich der Meinung anderer vorschnell angeschlossen hatte! Wie oft das Leben an ihr vorbeigerauscht war wie ein riesiger Güterzug, den sie nicht hatte stoppen und auch nicht greifen können.

»Ich weiß nicht«, sagte Hilde.

»Eh bien, willst du lieber allein sein?« Hugo zog seine Hand weg. Ihre Schulter fühlte sich dort, wo die Berührung nun nicht mehr spürbar war, seltsam kalt an.

Hilde schüttelte den Kopf.

»Was möchtest du denn?«

Hilde schaute abwechselnd zu Hugo, zu den anderen Wohnmobilen, zu den Pinien, zum Himmel über ihr. Sie sog den würzigen Geruch der Bäume ein und lauschte, ob das Meer zu hören war. Doch da war nur der Wind.

»Hilde?«, fragte Hugo und riss sie aus ihren Gedanken.

»Lass uns losgehen«, sagte sie und lächelte, weil sie nun sicher war, dass sie nicht zum Strand ging, weil Hugo es vorgeschlagen hatte, sondern weil sie es selbst wollte.

12

Freitag, 30. September

Ein Holzsteg führte über den hohen, weichen Sand, in den Hilde sonst eingesunken wäre. So kam sie gut voran und hatte keine Probleme, mit Hugo mitzuhalten. Der Strand war um diese Uhrzeit fast menschenleer, nur ein Pärchen mit Hund lief links von ihnen, so weit entfernt, dass sie kaum zu erkennen waren. Hugo wandte sich nach rechts auf das Meer zu und Hilde folgte ihm.

Eine kurze Strecke im hohen Sand war zu bewältigen.

»Gehe ich dir zu schnell?«, fragte Hugo.

»Kein Problem«, sagte Hilde und ärgerte sich über sich selbst. Ihr Atem ging schwer, sie sank tiefer ein als gedacht, hatte das Gefühl, mit keinem ihrer Schritte vorwärtszukommen, sondern auf der Stelle zu waten.

Hugo kam mit einem Lächeln auf dem Gesicht zu ihr zurück. Sein Blick war so intensiv, er kam ihr dabei so nah, als wolle er sie küssen, doch der magische

Moment war so schnell vorbei, wie er aufgetaucht war. Hugo drehte sich um, bückte sich, klopfte auf seinen Rücken und sagte: »Komm.«

Sie zögerte, doch dann lächelte sie dankbar, nahm etwas Schwung und halb sprang sie auf seinen Rücken, halb wurde sie von seinen Händen hochgehoben. Das letzte Mal, dass sie jemand huckepack genommen hatte, war lange, lange her gewesen, irgendwann auf einer der Wanderungen mit ihrem Vater, bei einem seiner Fronturlaube. Sie musste damals vier oder fünf Jahre alt gewesen sein. Dann war er jahrelang nicht mehr gekommen, ihre Mutter hatte schon damit gerechnet, ihn endgültig verloren zu haben, bis er zwei Jahre nach Kriegsende, vier Jahre nach der letzten Begegnung, vor ihnen gestanden hatte, ein bärtiger Mann mit strubbeligem Haar, zu dem sie »Papa« hatte sagen sollen. Doch er war nicht mehr der Vater gewesen, mit dem sie Wanderungen und Ausflüge unternommen hatten, sondern derjenige, der sie geschlagen hatte nach »Verfehlungen«, die er bei ihr überall gesehen hatte. Der gestrenge Bäckermeister, der erst einmal in der Backstube »aufräumen musste«, in der »Weiberstube«, der Ellie entlassen hatte, die ihr, Hilde, morgens vor der Schule manchmal eine Zusatzration zugesteckt hatte.

»Bist so dürr«, hörte Hilde Ellis Stimme in ihrer Erinnerung. »Musst sehen, dass du etwas auf die Rippen kriegst, sonst verhungerst du uns noch.«

Hugo setzte Hilde ab. Verwundert registrierte sie, dass sie das Meer bereits erreicht hatten und sich nun auf feuchtem Untergrund befanden, der mehr Stabilität bot. Hugo zog sich die Schuhe aus, ging weiter, bis er mit beiden Füßen im Wasser stand, und strahlte sie an.

»Du bist leicht wie ein Kind«, sagte er. »Es war ein Vergnügen, dich zu tragen. Mit dir würde ich überallhin gehen. Et patati et patata. Einmal rund um die Welt.«

»Du Charmeur!«

Sie genoss den Augenblick so sehr, dass sich bei ihr Wehmut einschlich, wie so oft, wenn etwas zu schön war. Sie blinzelte, was den Druck, der sich im Innern ihrer Augen aufbaute, minderte.

»Bist ein Fliegengewicht«, hatte ihr Vater damals immer gesagt, als er noch Ausflüge mit ihr unternommen hatte. Auch heute wog sie mit ihrer Größe von 1,57 Metern nicht einmal fünfzig Kilogramm.

»Woran denkst du?«, fragte Hugo.

Hilde schüttelte den Kopf. »Es ist so schön hier«, sagte sie und es stimmte. Wie warm es bereits am frühen Morgen war! Die Wellen umspülten nun auch ihre nackten Füße, schwappten hoch bis zu den Knöcheln. Nun lag der Atlantische Ozean glitzernd in seinem silbrigen Blau vor ihnen. Eine endlose Weite. Nie zuvor war sie am Atlantik gewesen, bisher nur an der Nordsee. Nun war sie hier und sie wollte nicht an die Veränderung ihres Vaters durch den Krieg denken, nicht daran, dass es nach so vielen Jahrzehnten immer noch schmerzte, sich an Elli zu erinnern, die ihr Vater entlassen hatte und die deswegen nicht mehr gewusst hatte, wie sie ihre beiden Kinder durchbringen sollte. Hilde hoffte so sehr, dass Elli es geschafft hatte, dass sie nicht verhungert war.

Nebeneinander wateten Hugo und Hilde durchs Wasser, dann nahm Hugo Hildes Hand. Hilde erwiderte den Händedruck. Sie spürte die Wärme der Sonne, die ihr auf Stirn und Wangen schien, und nun noch eine viel stärkere Wärme, die von seiner Hand ausging. Es war, als würde ein Prickeln ihren Arm heraufwandern. Hilde schloss die Augen und ließ sich von Hugo führen, wie sie damals beim Fronturlaub ihres Vaters ...

Hilde zwang die Erinnerungen beiseite. Dieser Tag war so wunderschön, es gab nichts zu tun, sie konnte einfach sein. Sie konnte langsam gehen oder schnell, umdrehen oder weitergehen.

»Was hältst du davon, wenn wir uns hinsetzen?«, fragte Hilde.

Hugo ging mit ihr einige Meter vom Meer weg, dorthin, wo der Sand wieder trocken wurde, breitete seine Jacke aus und wartete, bis sie es sich gemütlich gemacht hatte. Dann nahm er neben ihr Platz. Eine Weile blieben sie dort sitzen, ihre Hände ineinander verschlungen, keiner von ihnen löste die Berührung, als hätten sie beide Angst, sich in den unendlichen Weiten des Sandes und des Meeres zu verlieren.

Hilde ließ ihren Kopf gegen seine Schulter sinken, als würden sie sich schon ewig kennen, so vertraut war er ihr in diesem Moment. Dann geschah etwas, was sie nie zuvor in ihrem Leben erfahren hatte:

Die Vergangenheit verschwand, die Gedanken an ihre Eltern, an ihre Kinder waren weg, sogar an Karl-Heinz dachte sie nicht mehr, sondern sie saß einfach nur am Strand, hörte dem Rauschen der Wellen zu und dem Kreischen der Meeresvögel. Die Weite des Sandes und des Meeres ließ ihre Erinnerungen wie ein Nebel werden, der sich lichtete und der nun die Sicht freigab auf etwas, was ihr fast fremd erschien.

Auf sich selbst.

Auf die Gegenwart.

Auf das, was ihr eigenes Leben war, unabhängig von den Menschen, die sie bisher begleitet hatten. So traumhaft der Strand mit seinem Sommerwetter war, so fremd kam ihr diese ungeahnte Freiheit vor. Während der letzten Jahrzehnte war es gewesen, als würden die Vergangenheit und die Erinnerungen immer mehr Raum einnehmen und die Gegenwart verdrängen, doch nun schien es, als würde sich dieser Prozess umkehren. Sie drückte Hugos Hand und er erwiderte den Händedruck, was er jedoch als Zeichen des Aufbruchs deutete und aufstand.

»Wir können noch bleiben«, sagte Hilde, doch dann erkannte sie die Unruhe in Hugos Blick. »Oder hast du etwas vor?«

»À la limite – Ich würde gerne kochen, für uns beide, für Baptiste und Romy. Was hältst du davon?«

»Ja.« Erst jetzt spürte sie ihren Hunger und ihr Magen grummelte wie zur Antwort. Hilde ließ sich beim Aufstehen helfen. Dann klopften sie den Sand aus ihrer Kleidung, zogen sich die Schuhe wieder an und gingen langsam am Meer entlang zurück zu ihren Fahrzeugen.

Der Platz unter den Pinien kam viel schneller in Sichtweite als erwartet. Mit Wehmut betrachtete Hilde all die geparkten Autos und Wohnmobile. Sie spürte die Wanderung in ihren Waden, es fiel ihr schwer, ihren Rücken aufrecht zu halten. Ihre Gelenke sehnten sich danach, eine Weile ausgestreckt zu liegen, trotzdem wünschte sie gleichzeitig, der Strandausflug hätte noch viel länger gedauert.

Beim Näherkommen stutzte sie. Die Fahrzeuge von Hugo, Baptiste und ihr Kombi hatten eine U-Form gebildet, nun war nur noch ein L aus ihrem und Hugos Gefährt zu sehen.

Verwundert blickte sie Hugo an, der nun auch stehen blieb, als könne er nicht glauben, was er sah.

»Wo ist Baptiste?«, fragte er.

Hilde zuckte mit den Schultern. »Seltsam. Romy ist auch weg. Vielleicht sind sie einkaufen gefahren? Oder sie müssen länger suchen, um an Wasser zu kommen.«

»An der Wasserstelle sind wir doch eben vorbeigekommen. Da waren sie nicht.«

Dann entdeckte Hilde den zusammengefalteten Zettel an ihrer Windschutzscheibe unter eins der Wischblätter geklemmt. Ihre Finger zitterten. Sie zog das Blatt hervor und faltete es auseinander. Ihr Herz raste, die Beine fühlten sich schwach an. Beim Lesen musste sie sich gegen die Karosserie lehnen, die inzwischen von der Sonne angenehm aufgeheizt war.

Hi Hilde!

Ich weiß, ich hätte es dir früher sagen sollen. Mit dir reden. Aber ich kenne deine Meinung. Und ich will nicht diskutieren. Mich nicht rechtfertigen, weißt du? Ich will einfach tun, was ich will. Wir sind ja auch nicht füreinander verantwortlich.

Kurz gesagt: Ich bin mit Baptiste weitergefahren. Er will weiter die Küste entlang. Durch den Norden von Spanien, durch Portugal bis nach Andalusien. Da war ich noch nie. Er hat mir Fotos gezeigt. Das ist echt krass, da kann man Weihnachten im Meer baden.

Ich bin mit ihm los. Mach dir um mich keine Sorgen. Deine Telefonnummer habe ich ja. Bei Gelegenheit können wir ja mal quatschen.

Viel Spaß bei der Weiterreise. Und danke für alles. Es war toll mit dir. So eine Oma wie dich hätte ich mir immer gewünscht. Weißt du das? Aber jetzt muss ich los, Baptiste hat schon gepackt.

Deine
Romy

»Warum hast du mir nichts gesagt?« Hilde warf den Brief vor Hugos Füße. Sie stellte sich vor, Hugo zu packen und zu schütteln, ihn anzuschreien und von sich zu stoßen. Stattdessen blieb sie regungslos stehen und merkte, wie sich ihre Schultern nach vorn senkten und es sich anfühlte, als würde sie in sich zusammenschrumpfen.

Hugo steckte sein Smartphone in die Hosentasche, dann hob er den Brief auf und betrachtete ihn mit einem Stirnrunzeln.

»Ah, von Romy. Auf Deutsch. Gerade habe ich versucht, Baptiste zu erreichen. Er geht nicht ran.« Er zeigte auf den Brief. »Was steht dort?«

Erst jetzt fiel Hilde ein, dass Hugo nicht verstehen konnte, was Romy geschrieben hatte, weil er kein Deutsch verstand. »Ich habe dir Unrecht getan. Du hast auch keine Ahnung, wolltest gerade bei Baptiste nachfragen ...« Sie atmete tief durch. Hugo war genauso ahnungslos wie sie selbst. »Romy und Baptiste sind zusammen losgefahren. Sie wollen nach Andalusien.« Es fiel Hilde schwer zu sprechen. Sie war so erschöpft, dass sie sich nur noch danach sehnte zu schlafen.

»Dieser Idiot!« Hugo trat gegen den Lkw-Reifen seines Mobils. »Ich habe es gesehen. Die Blicke, die die beiden gewechselt haben. Sie haben es gestern schon geplant. Und ich habe nicht nachgefragt. Merde!« Er zog seinen Fahrzeugschlüssel aus der Hosentasche. »Wir fahren ihnen nach. Haben sie genau geschrieben, welche Route sie fahren?«

Hilde nahm Hugo den Brief ab, strich ihn glatt und faltete ihn sorgsam zusammen.

»Lass die beiden«, sagte Hilde. »Wir können sie nicht aufhalten.«

»Welche Route fahren sie?«

Hilde legte ihm eine Hand auf die Schulter, die Hugo unwirsch mit einer Bewegung beiseitewischte.

»Es hat keinen Zweck. Hugo ... lass sie.« Hilde schloss die Augen. Sosehr sie es sich auch wünschte, sie konnte Romy nicht beeinflussen. Nicht ohne Grund hatte Romy die Entscheidung im Vorfeld verheimlicht. Romy wusste, was Hilde von diesem Plan hielt. Gar nichts. Hilde hatte in ihrem Leben schmerzhaft lernen müssen zu akzeptieren, was außerhalb ihres Handlungsspielraums lag. Es half nicht, deswegen zu grübeln oder dagegen anzukämpfen. Das war die Realität. Auch wenn sie schmerzte.

»Und ob wir sie aufhalten können.« Hugo zeigte auf den Brief. »Du weißt, wo sie langfahren. Sag es mir!«

Hilde schüttelte den Kopf. Noch einmal versuchte sie, Hugo zu berühren. Diesmal ließ er die Berührung zu. Seine zusammengepressten Mundwinkel entspannten sich, die Falten zwischen seinen Augenbrauen glättete sich.

»So verhält sich kein Freund«, sagte Hugo. Seine Wut wich einer tiefen Enttäuschung. »So oft sind Baptiste und ich uns begegnet. Wochenlang sind wir zusammen durch Europa gezogen. Das hätte ich nicht von ihm erwartet! Ich schreibe ihm eine Nachricht.«

»Jetzt nicht.« Hilde nahm seine Hand. Mit einem Mal kam sie sich verlassen vor, als stünden nicht all die anderen Mobile um sie herum, als würde es die Kinder, die Frauen und Männer auf dem Platz gar nicht geben. Es fühlte sich an, als hätte jemand sie aus einer Raumkapsel heraus ins All geschleudert, wo sie nun orientierungslos trieb. Sie hätte nicht gedacht, wie sehr ihr Romy in den wenigen Tagen ans Herz gewachsen war, dass die Lücke, die sie hinterließ, so stark schmerzte. »Was wir im Ärger sagen oder schreiben, bereuen wir im Nachhinein.«

Baptiste steckte sein Smartphone in die Hosentasche, ließ Hilde los und hielt sich die Hände vor die Augen. Dann sah er sie an. »Du hast recht. Trotzdem …«

»Lass uns gemeinsam kochen«, schlug Hilde vor. Es mochte wie Resignation klingen, doch das war es nicht.

13

Samstag, 1. Oktober

Beim Aufwachen ging Hildes erster Gedanke zu Romy. Sie nahm ihr Handy, um nach einer in der Nacht eingegangenen Nachricht zu sehen, doch es gab keine. Stattdessen sah sie vier vergebliche Anrufe von Marius und eine Nachricht von ihm auf der Mailbox.

Hilde klickte die Sprachaufnahme an.

»Hallo Mama«, sagte Marius in dem für ihn so typischen nüchternen Tonfall, als ginge es darum, in seinem Ingenieurbüro ein Meeting zu eröffnen. »Juliane hat angerufen und erzählt, dass du unterwegs bist. Wir machen uns alle Sorgen. Ruf doch mal bitte zurück.«

Hilde schob das Handy in die Ritze zwischen Matratze und Karosserie. Dann wischte sie die von innen beschlagenen Scheiben mit einem Handtuch trocken und schaute nach draußen, an die Stelle zwischen den Bäumen, wo in der vorletzten Nacht noch Romys provisorisches Zelt gestanden hatte. In der Gegenwart von Romy hatte sich Hilde immer schon beim Aufwachen auf den Tag gefreut, darauf, sich treiben und von Romys Entdeckerfreude anstecken zu lassen.

Sie mochte Hugo, sehr sogar, aber er konnte Romy nicht ersetzen.

Durch die Scheiben, die noch immer milchig durch die Feuchtigkeit waren, beobachtete sie, wie Kinder mit einem Ball zwischen den Pinien spielten. Sie sagte sich, dass sie aufstehen sollte, zur Wasserstelle gehen, die ihr Hugo gestern gezeigt hatte, um sich zu waschen. Oder wollte sie lieber ein schnelles Bad im Meer nehmen? Trotz des langen Schlafs fühlte sie sich müde und erschöpft.

Hilde streckte und rekelte sich, so gut es in der Enge des Wagens nur ging, dann rollte sie sich wieder unter der Decke zusammen und schaute dem Tollen der Kinder zu.

Irgendwann schreckte sie durch ein Klopfen an der Scheibe hoch und ihr wurde klar, dass sie noch einmal eingenickt war. Herausgerissen aus ihrem Traum, in dem sie eine erfolgreiche Businessfrau gewesen war, mit Kostüm und High Heels, und an Julianes Seite als Anwältin gearbeitet hatte, brauchte sie eine Weile, um sich zu orientieren.

»Bonjour, ma chérie! Wie wäre es mit einem Frühstück, du Langschläferin?«, fragte Hugo.

Hilde setzte sich auf, öffnete die Beifahrertür und ließ die Füße hinaushängen. Die Schuhe standen unter dem Wagen, wie am Vorabend dort abgestellt.

»Ich habe gar keinen richtigen Hunger.« Sie zog die Halbschuhe an und band sie zu.

»Baaaah, oui …« Hugo musterte sie und half ihr beim Aufstehen. »Ein Kaffee ist doch nie schlecht, oder?«

»Ich habe mich noch nicht gewaschen.« Sie fühlte sich unwohl, ohne dass sie genau sagen konnte, woran es lag. Kündigte sich eine Erkältung an?

»Du riechst wunderbar. Nach Rose. Hat dir das schon einmal jemand gesagt?«

Hilde blickte beiseite. Hitze stieg ihr in die Wangen und ließ ihr Gesicht prickeln. Sie wollte nicht, dass er sah, dass sie errötete.

»Du Charmeur!«

»Eh bien … Kommst du oder kommst du nicht?«

Hilde hob den Blick. So nett, wie er sie ansah, brachte sie es nicht übers Herz, ihn zu enttäuschen. »Aber mach dir wegen mir keine Mühe.«

Hugo hatte längst frische Brötchen gebacken. Pfannkuchen stapelten sich auf einem Teller, in einer Schale in der Mitte des Tisches stand Müsli. Dazu hatte er bereits eine Aufschnittplatte hergerichtet, zwei Marmeladensorten bereitgestellt und Orangensaft in Sektgläser gefüllt. Er reichte ihr eins der Gläser, nahm das andere und stieß mit ihr an. »Auf einen wunderschönen gemeinsamen Tag.« Er hielt inne. »Hörst du das auch?«

Hilde lauschte. Von irgendwoher erklang ein vibrierendes Rasseln.

Hugo stieg die Leiter herab nach draußen, griff

dann durch die noch immer geöffnete Hintertür von Hildes Wagen und fischte das Handy heraus.

»Für dich. Ein Anruf«, sagte er.

Zögernd nahm Hilde das Gerät in die Hand, so vorsichtig, als könnte sie sich daran verbrennen. Nach einem Blick auf das Display legte sie es beiseite, ohne das Gespräch anzunehmen.

»Mein Sohn«, sagte Hilde.

»Es stört mich nicht, wenn du drangehst. Oder wenn du ihn jetzt zurückrufst. Mach nur.«

Hilde schüttelte den Kopf. Wie idiotisch es doch war: Sie sehnte sich nach nichts mehr als nach einem Lebenszeichen von Romy, aber die meldete sich nicht. Ihre Kinder, mit denen sie nicht sprechen und von denen sie sich schon gar nicht in irgendwelche Diskussionen verwickeln lassen wollte, gaben hingegen keine Ruhe.

Eine neue Nachricht traf mit einem Plington ein.

Hallo Mama. Habe dein Handy orten können. Hast du wirklich auf diesem Stellplatz im Nirgendwo im Wagen übernachtet? Habe mir freigenommen und besuche dich. Marius

Hilde stöhnte auf. »Er will kommen. Wie ich ihn kenne, fährt er durch. Elf oder zwölf Stunden im Auto, dazu ein paar Pausen, dann kommt er heute Nacht oder morgen früh hier an.«

Sie wusste, dass es keine Möglichkeit gab, Marius umzustimmen. Den Dickkopf hatte er von ihr geerbt.

»Das ist doch schön! Ich wünschte, Léo würde mich einmal besuchen kommen. Obwohl es für ihn nur eine Stunde Fahrtzeit ist, denkt er nicht im Traum daran. Immer beschäftigt, viel zu tun.« Er strich ihr liebevoll über den Arm. »Du hast noch gar nichts getrunken und gegessen. Komm, setz dich, ich bediene dich.«

Hugo aß für zwei. Er verspeiste drei Pfannkuchen, gönnte sich ein Brötchen und eine kleine Schüssel Müsli mit Joghurt. Hilde begnügte sich mit einer Tasse Kaffee und zwang sich, ein halbes Brötchen aufzuessen. Es tat ihr leid, dass sie so wenig Appetit hatte, doch der Gedanke, dass Marius bald bei ihr auftauchen würde, fühlte sich an wie ein Stein in ihrem Magen. Sie wusste nicht, worüber sie sich mehr ärgerte: dass Marius all ihre Passwörter kannte, weil er ihr geholfen hatte, das Handy einzurichten, oder dass sie die Möglichkeit einer Ortung nicht einmal in Erwägung gezogen hatte?

Dann kam ihr ein Gedanke.

»Du würdest Léo gerne wiedersehen? Mit Inès, Mila und Louis?« Hilde erinnerte sich noch genau an die Namen von Hugos Familie und wunderte sich über sich selbst. War es möglich, dass mit all den neuen Eindrücken, die sie täglich auf ihrer Reise gewann, ihre Vergesslichkeit nachließ? Sie fühlte sich trotz Romys Abreise lebendiger denn je und hatte nicht vor, nach Wiesbaden zurückzukehren.

Hugo nickte. Wehmut sprach aus seinem Gesichtsausdruck.

»Warum fahren wir nicht einfach hin?«, fragte Hilde.

»Zu Léo?«

»Ich würde gerne das Restaurant sehen, dass du restauriert hast, nicht nur Fotos davon.« In der Gesellschaft von Hugos Familie würde Marius ihr kaum ins Gewissen reden können.

»Léo würde denken, du und ich ... wir beide ...« Hugo errötete.

Hilde schmunzelte. »Dann erzähl Léo, wie alt ich bin, dass wir uns nur unterwegs getroffen haben.«

»Das wird ihn nicht überzeugen, bon.« Hugo lachte. »Es ist auch egal, was er denkt, die Idee gefällt mir immer mehr. Fahren wir zu Léo, Inès, Mila und Louis. Ich hätte schon viel eher vorbeischauen sollen, aber du weißt, wie das ist – wir sind zu beschäftigt, um das anzugehen, was am Wichtigsten im Leben ist. Stattdessen halten wir uns mit Belanglosigkeiten auf.«

Hugo brauchte eine halbe Stunde, um den Wohnbereich seines Lasters aufzuräumen und alle Schubladen zu sichern. Hilde schickte die Adresse von Hugos ehemaligem Restaurant an Marius, dann brachen die beiden auf. Hugo fuhr vor, weil er die Wegstrecke kannte, so fand sie sich gut zurecht, auch wenn sie nun niemanden mehr hatte, der sie vom Beifahrersitz aus navigierte. Sie durchquerten erst Pinienwälder, dann fuhren sie auf der Landstraße am Meer entlang durch malerische kleine Ortschaften in Richtung Süden. Die Sonne ließ das Wasser silbrigblau strahlen und schien so warm durch die Autoscheiben, dass Hilde das Seitenfenster öffnete. Die Luft roch nach Salz und Tang und wehte durch ihre kurzen Locken.

Sie mochte es, wie Hugo das Tempo wählte, nicht zu schnell, nicht zu langsam, und an jeder Abbiegung oder jedem Kreisverkehr wartete er, bis sie aufgeschlossen hatte. Er fuhr erst weiter, wenn die Lücke zwischen den anderen Wagen groß genug war, damit sie mit beiden Fahrzeugen losfahren konnten.

Hilde wünschte, sie könnte laut Musik anstellen, doch sie wusste nicht genau, wie das Radio sich bedienen ließ. So sang sie laut *Oh Carol!*, dann *The Wanderer* und bei *Heartbreak Hotel* fühlte sie sich jung, wie damals bei ihrer ersten Fahrradtour mit Karl-Heinz, als sie den Rhein hinuntergefahren waren und die Nächte in einem undichten Zelt verbracht hatten.

Es war ihr egal, ob sie die Töne traf, sie ließ die Musik einfach aus sich heraus und durch sich hindurchströmen. Wenn sie Textteile vergaß, pfiff sie die Melodie weiter. Sie stellte sich vor, endlos weiterzufahren, hinter Hugo her, während die Landschaft um sie herum immer neue Überraschungen bot.

Viel zu schnell erreichten sie ihr Ziel. Mit einem Lächeln auf den Lippen parkte Hilde ein und stieg aus. Sie war so gut gelaunt, dass sie Hugo am liebsten umarmt hätte. Die Fahrt hatte sie nicht im Geringsten angestrengt, im Gegenteil.

Je näher Hugo dem Eingang kam, umso langsamer wurde er. Sein Augenlid zuckte.

»Ich weiß nicht, ob das nicht doch zu spontan ist. Ob Léo überhaupt Zeit hat. Ob …«

»Wenn nicht, dann wandern wir am Strand entlang und fahren weiter. Was hältst du davon?«

»Du bist wundervoll.«

Das Kompliment traf Hilde so unerwartet, dass ihr die Hitze ins Gesicht stieg. Doch diesmal sah sie nicht weg, sondern blickte Hugo in die Augen, die so viel Wärme ausstrahlten. Nun begriff sie auch, wie sich die deutlich jüngere Bernadette in ihn hatte verlieben können. Er sah Hilde an, als könne er in ihre Seele blicken, als würde er sagen: So, wie es ist, ist es gut, ohne Zweifel, ohne Wenn und Aber.

Er lächelte, nahm ihre Hand, dann ging er voran, führte sie an der Eingangstür vorbei, um das Haus herum, bis zur Terrasse mit den weißen Sonnenschirmen, die sie auf einem Foto bereits gesehen hatte. Doch in der Realität war die Terrasse noch viel schöner als auf dem Bild. Sie bot einen Blick weit übers Meer, auf dem kleine Segelboote fuhren, Surfer über die Wellen ritten und im Hintergrund Frachtschiffe am Horizont ruhten. Der Sandstrand war breit und leuchtete hell im Sonnenlicht. Es war der ideale Urlaubsort. Trotzdem war der Strand leer, nicht ein Mensch saß auf der Terrasse, obwohl das Restaurant geöffnet hatte.

»Seltsam, dass keine Gäste da sind. Baaaah, oui, mittags sind selten viele Gäste hier um diese Jahreszeit«, sagte Hugo zögerlich. Er klang nicht überzeugt. »Erst am Abend füllt es sich etwas. Hoffentlich. Mitte

November schließen wir immer, dann lohnt sich das Geschäft über den Winter nicht mehr.«

Er ging durch die geöffneten Glastüren ins Innere. Trotz der Wärme draußen war es wegen der dicken Mauern des Gebäudes in der Gaststube frisch. Die Blumen auf den Tischen verströmten einen süßen Duft.

Ein Mann, der aussah wie die jüngere Ausgabe von Hugo, nur ohne Bart, trat aus dem Hinterraum. Er wischte sich die Hände an der weißen Schürze ab. Fett brutzelte im Hintergrund, nun roch es nach gebratenen Zwiebeln und Fleisch.

»Du?«, fragte er und sah abwechselnd zu Hugo und zu Hilde. Dann kam er auf Hugo zu und umarmte seinen Vater. »Warum hast du nichts gesagt, ich hätte etwas vorbereitet! Inès ist nicht da, sie ist mit den Kindern draußen. Der Kindergarten hat heute geschlossen. Feiertag – du weißt.«

Hugo schlug sich an die Stirn. »Feiertag!«

Daran hatte auch Hilde nicht gedacht.

»Kommt in die Küche. Ich schenke euch etwas zu trinken ein. Gerade bereite ich Sauerbraten für morgen vor, der geht immer, da hat sich nichts geändert. Wobei ... warte – bei dir weiß man ja nicht, wann du wieder aufbrichst, ich stelle den Herd aus, dann haben wir Zeit füreinander.«

»C'est-à-dire – das ist Hilde«, sagte Hugo.

Léo umarmte nun auch Hilde, als wären sie alte Bekannte, als gäbe es nichts zu erklären, warum sie da war, woher sie kam, in welcher Beziehung sie zu Hugo stand. Léo fragte nicht nach. Stattdessen schaltete er die Kaffeemaschine an und bereitete für alle Kaffee zu und führte sie auf die Terrasse.

Nur wenig später kam Inès dazu, auch sie begrüßte Hilde herzlich, ohne weitere Fragen zu stellen. Hildes Anwesenheit war eine Selbstverständlichkeit, als hätte sie immer zur Familie gehört. Sobald sie ihren Kaffee ausgetrunken hatte, schenkte Léo ihr nach. Der Kaffee war genau so, wie sie ihn am liebsten mochte, stark, ohne Milch und Zucker. Sie liebte zur Kaffeezubereitung ihren Keramikfilter, doch musste sie sich eingestehen, dass Léos Maschine – auch wenn sie Kaffeemaschinen gegenüber generell skeptisch war – einfach fantastisch schmeckte.

Sie plauderten über das Wetter, über das Reisen, über Hugos Umbau des Lasters zum Expeditionsmobil. Die Kinder tollten währenddessen mit Hüpfbällen über die Terrasse zwischen den Stühlen und Tischen hindurch, sie bauten sich Rampen und veranstalteten Wettkämpfe. Obwohl die Stimmung ausgelassen war, senkte Hugo den Blick, sein Rücken bog sich wie unter einer großen Last.

Vorsichtig nahm Hilde seine Hand. Er legte seine andere Hand auf ihre und umklammerte sie so fest, wie ein Ertrinkender den Rettungsanker festhielt.

»Auf jeden Fall haben wir nicht damit gerechnet, dass er wirklich alle Brücken hinter sich abbricht«, sprach Léo im Plauderton weiter. »All sein Hab und Gut verkauft, unglaublich. Immer unterwegs, selten mehr als ein paar Tage an einem Ort.« Er schien von

Hugos Veränderung nichts zu bemerken, von der Stimmung, die gekippt war.

»Woran denkst du?«, fragte Hilde und beugte sich zu Hugo. Sie schluckte und erinnerte sich daran, wie Karl-Heinz diese Frage gehasst hatte.

»Wenn diejenigen sterben, die wir am liebsten haben, ist es, als stirbt ein Teil von uns mit.«

»Bernadette«, sagte Inès mit einem Seufzen und zog die Augenbrauen hoch. Inès brauchte nichts zu erklären, es war deutlich, dass ihr Verhältnis zu Bernadette angespannt gewesen war.

»Wer wir sind«, fuhr Hugo fort, »das bestimmen wir nicht allein, wir werden es durch die Menschen, mit denen wir zusammenleben. Denjenigen, der ich an diesem Ort mit Bernadette gewesen bin, den gibt es nicht mehr. An ihrer Seite war ich unbeschwert. Ich war humorvoll, weil sie den Humor in mir geweckt hat. Ich war gelassen, weil sie das Leben gelassen genommen hat.« Er schüttelte sich und straffte den Oberkörper, zog die Schultern zurück. Hildes Hand ließ er los und umklammerte stattdessen seine Kaffeetasse. »Was rede ich. Ich langweile euch.«

»Tust du nicht.« Hilde wusste genau, wovon er sprach. Ihr ging es ähnlich. Die Hilde, die mit Karl-Heinz gelebt hatte, die gab es nicht mehr. Wer war sie jetzt, ohne ihn? Es waren Fragen, die auch sie sich gestellt und auf die sie noch immer keine Antwort gefunden hatte.

»Blicken wir voraus und nicht zurück. Heute ist ein guter Tag«, sagte Hugo. »Wir sitzen hier zusammen, drei Generationen. In Frieden. Auf dieser wunderbaren Terrasse.«

Hilde nickte. Auch sie genoss das Zusammensein, trotzdem war die Trauer um das Verlorene allgegenwärtig, es war ein Nebel, der sie umgab, der weiter vorhanden war, selbst wenn er sich manchmal lichtete.

Die Kinder kamen dazu, verschwitzt und erschöpft vom Toben, mit dreckigen Händen und müden Augen. Jedes der Kinder setzte sich auf eins von Inès' Beinen. Léo ging mit Hugo zusammen in die Küche, um ein Mittagessen zuzubereiten. Die Kinder sprangen nach einer kurzen Erholungspause vom Schoß ihrer Mutter und rannten in Richtung Strand.

Anfangs hatte Hilde Sorge, mit Inès allein zurückzubleiben, doch ihre Bedenken zerstreuten sich bald. Hilde wusste nicht, ob sie Inès nach diesem Tag je wiedersehen würde, so fiel es ihr leicht, von sich zu erzählen, von Karl-Heinz' Tod, dem Umzug ins Altersheim, ihrem Aufbruch im Kombi, der Reise mit Romy und der Begegnung mit Hugo.

»Ich finde es bewundernswert«, sagte Inès.

Anfangs dachte Hilde, Inès hätte gescherzt. Was war daran bemerkenswert, spontan zu handeln, ohne Plan und ohne Ziel? »Meine Kinder sehen das anders. Mein Mittlerer, Marius, macht sich solche Sorgen, dass er losgefahren ist, um ...« Hilde stockte.

»Lass dir bloß von keinem reinreden. Du bist viel zu jung für ein Altersheim. Du bist fit, gesund und ungebunden. Wenn du dein Leben und die Freiheit genießen willst, gibt es doch keinen besseren Zeitpunkt.«

Du bist jung, klang es in Hilde nach. Sie räusperte sich.

»Ich bin 84 Jahre alt.«

»Oh.« Inès lachte. Sie schaute zu den Kindern, dann wieder zu Hilde. »Es spielt doch keine Rolle. Ist das Alter nicht einfach nur eine Zahl und wir sind so alt, wie wir uns fühlen? Du bist so fit, hast eine so lange Fahrt allein bewältigt, das ist das Wichtigste, oder?«

14

Sonntag, 2. Oktober

Verwundert klopfte Hilde auf ihre Armbanduhr. Dass es kurz vor zehn am Morgen sein sollte, konnte sie nicht glauben. Zur Kontrolle schaute sie auf ihr Handy. Die Uhrzeit stimmte. Sie konnte sich nicht erinnern, wann sie zuletzt so lang geschlafen hatte.

Von draußen klang das Rauschen der Wellen herein und eine warme Brise wehte durch das gekippte Fenster. Kinderlachen und trappelnde Schritte tönten durchs Haus. Hilde gönnte sich ein paar Minuten mit geschlossenen Augen im Bett, dankbar für den vergangenen Abend mit Hugos Familie, dafür, dass Inès noch nach Mitternacht zwei nebeneinanderliegende Gästezimmer hergerichtet hatte. Üblicherweise brauchte sie eine Weile, um sich in einer fremden Umgebung zurechtzufinden und sich zu entspannen, doch dieser Ort hatte von Anfang an etwas Heimeliges ausgestrahlt.

Hilde streckte sich, rollte sich auf die Seite, schob

dann die Füße aus dem Bett, stützte sich mit den Händen am Fußteil ab und stand auf. Noch benommen vom langen Schlaf und den vorabendlichen Gesprächen und dem Wein ging sie zum Fenster, um zum Meer zu schauen. Doch das Erste, was ihr auffiel, war der schwarze BMW, der neben der Terrasse parkte.

Marius!

Wie hatte sie seinen angekündigten Besuch nur vergessen können. All die Entspannung des gestrigen Abends und der Nacht waren von einer Sekunde auf die nächste verschwunden. In Gedanken legte sie sich eine Begrüßung und die verschiedensten Erklärungen für ihren unerwarteten Aufbruch aus dem Seniorenheim zurecht. Dabei ging sie kurz ins Bad, wusch sich unter dem Hahn und wählte die Kleidungsstücke aus. Sie zog zuerst gedankenverloren ihren Pullover auf links an, streifte ihn dann wieder ab, drehte ihn um und schlüpfte erneut hinein. Ihre Hände zitterten so sehr, dass sie mehrere Versuche benötigte, um sich die Schnürsenkel zu binden.

Schließlich nahm sie ihren Mut zusammen, ging zur Tür und öffnete sie. Mila und Louis tollten weiterhin durchs Treppenhaus und versuchten, aufs Geländer zu klettern, sich dort festzuhalten und quiekend hinunterrutschen zu lassen.

Kurz hielten die beiden inne und grüßten freundlich, dann tobten sie weiter. Hilde ging an der Küche vorbei, durch den Gastraum, und folgte dem Stimmengewirr nach draußen auf die Terrasse. Alle saßen bereits um einen Tisch unter einem Sonnenschirm versammelt: Hugo, Léo, Inès und etwas abseits mit einem freien Stuhl zwischen ihm und den dreien – Marius. Hilde spürte ihren Herzschlag als Pochen an der Schläfe. Eine Brötchenschale und eine hübsch dekorierte Aufschnittplatte waren bereits auf dem Tisch. Für Hilde stand ein Gedeck neben Hugo bereit.

»Hallo, du Langschläferin«, sagte Hugo. Er lachte entspannt. Inès und Léo hielten sich an der Hand wie ein frisch verliebtes Paar.

Hilde räusperte sich. »Marius.« Sie ärgerte sich, wie steif und förmlich sie klang.

»Hallo Mama.« Er stand auf und reichte ihr die Hand, als handele es sich um einen Geschäftstermin.

»Jetzt schau nicht so.« Hilde hasste es, wenn jemand sie mit dem Blick fixierte.

»Du siehst gut aus. Braun gebrannt. Was macht deine Hüfte?«

An ihre Hüfte und ihren Rücken hatte sie seit ihrem Aufbruch kaum mehr gedacht. Sie erinnerte sich an die Schmerzen, die sie über Jahre die ersten zwei oder drei Stunden des Tages gequält hatten und die nun weg waren, einfach verschwunden von einem Tag auf den anderen.

»Lass uns Französisch reden«, bat sie, um Hugo einzubeziehen.

»Ah, oui«, begann Marius und lachte, dann setzte er sich wieder hin, nahm sich noch ein Brötchen, schmierte es und biss hinein.

Léo brachte Hilde eine große Kanne Kaffee. »Die

macht dich wach«, sagte er mit einem Augenzwinkern.

Hilde wartete darauf, dass Marius mit seiner Gardinenpredigt begann, doch die Stimmung blieb gelöst. Sie sprachen über Urlaubsplanungen, über die schönsten Orte, die sich in der Nähe befanden, über Hugos Wohnmobilausbau, seine Reisen, Léos Pläne zur Restaurantumgestaltung. Langsam entspannte sich Hilde. Sie genoss den Kaffee und die frischen duftenden Brötchen, die sie mit viel Marmelade bestrich.

Doch gegen Mittag, als die Kinder quengeliger wurden und Inès sie ins Bett brachte, löste sich die muntere Tischrunde auf. Auch Hugo verabschiedete sich, wollte sich eine Weile in seinem Wohnmobil hinlegen, weil er bereits seit kurz nach fünf Uhr auf den Beinen war.

»Ich kann in diesem Haus einfach nicht schlafen«, sagte er. »Léo hat alles im Griff, die Arbeit ist erledigt. Trotzdem. Meine Gedanken kreisen unentwegt um das, was noch getan werden muss. Das Dach decken. Die Terrasse abschleifen und neu imprägnieren. Die Speisekarte ausmisten ...«

»Bleib doch.« Hilde warf ihm einen bittenden Blick zu. Er konnte sie jetzt nicht mit Marius allein lassen. Sie blickte ins Innere des Restaurants. Auch von Léo war keine Spur mehr zu entdecken.

Hugo umarmte sie zum Abschied und flüsterte ihr zu: »Du schaffst das!«

Da war sich Hilde nicht so sicher. Sie nickte ihm

zu, mehr, um sich selbst Mut zu machen. Dann verließ auch er die Terrasse.

»Juliane dreht am Rad«, begann Marius ohne Umschweife. »Du weißt nicht, was in der Familiengruppe die letzten Tage abging.«

»Familiengruppe?«

»Eine Gruppenunterhaltung in der Nachrichtenapp, die ich dir auch installiert habe. Juliane hat diese Gruppe gegründet, in der Juliane, Mareike und ich sind. Einer schreibt und wir alle drei können die Mitteilung lesen.«

Hilde nickte.

Marius fuhr fort: »Der Sinn war eigentlich, den Hausverkauf zu managen und die Haushaltsauflösung – und eben alles, was anstand mit deinem Umzug ins Heim. Also das ist so eine Gruppe …«

»Ich habe wohl verstanden, was du meinst.« Sie bemühte sich gar nicht, ihren Ärger zu verbergen. Eine Gruppe, in der es nicht darum ging, mit ihr, sondern über sie zu reden. Sie merkte, wie sie die Hände zu Fäusten ballte und die Zähne so fest aufeinanderpresste, dass es knirschte. Ihr Atem beschleunigte sich. Sie brauchte eine Weile, bis sie begriff, was in ihr vorging. Es war Wut, die sie jahrelang – ach was, jahrzehntelang – zurückgedrängt hatte. Die Wut fühlte sich nicht beängstigend an, sondern sie war wie eine Welle aus Energie, die Hilde mit sich trug.

»Hast du dir einmal überlegt, wie demütigend das für mich ist?«, fragte Hilde. »Ihr drängt mich dazu, das Haus zu verkaufen. In dieses Heim zu gehen. Ihr redet nicht mehr mit mir, sondern über mich, wie man ein Haustier wegorganisiert. Bei dem die Leute dann überlegen: Soll es nun ins Tierheim kommen? Und wenn ja, in welches?«

»Mama!«

»Das Haus war mein Alles! Was da für Erinnerungen dranhingen.« Sie hielt inne. Die Wut war nun verraucht. Was sich einstellte, war keine Traurigkeit, sondern nur Leere. Hilde stockte und ihre Stimme wurde immer leiser. »Ihr entscheidet über meinen Kopf hinweg. Aber was noch schlimmer ist: dass ich dieses Spiel mitgemacht habe. Dass ich zugelassen habe, dass ...« Sie blickte aufs Meer. »Damit ist jetzt Schluss, ein für alle Mal.«

Marius, ihr Mittlerer, kräftig gebaut und groß, der auch ohne Training wie ein Kraftsportler aussah, der keine Probleme hatte, sich gegenüber den Bauarbeitern durchzusetzen, der es gewohnt war, Ordnung zu schaffen und zu bestimmen, schwieg nun.

Hilde schloss kurz die Augen. »Falls du denkst, ich handele aus einer Laune heraus und unüberlegt ... Anfangs vielleicht. Der Aufbruch war nicht geplant. Aber ich bin dankbar für diesen verrückten Impuls, sonst wäre ich nicht hier.« Sie hob ihre Tasse, setzte sie an den Mund, um dann zu bemerken, dass sie den Kaffee bereits ausgetrunken hatte.

»Ich hole uns neuen.« Marius nahm beide Tassen und ging ins Innere des Restaurants. Wenig später kam er mit duftendem und dampfendem Kaffee zurück. »Stark und ohne alles für dich, wie immer.«

Er stellte eine Tasse vor Hilde, strich ihr sanft über den Rücken. Sie atmete langsam ein und aus, weil sie merkte, dass ihr Tränen in die Augen stiegen. Und wenn sie eins nicht wollte, war es, jetzt zu weinen. Sie wusste nicht, woher die Sentimentalität kam, die sich in den letzten Jahren verstärkt hatte. War das auch ein Zeichen des Alters, über das niemand sprach?

Hilde stand auf und umarmte Marius. Sie dachte an den pummeligen, gutmütigen Jungen, der er früher gewesen war, immer etwas verträumt, dem sein rot gestromter Kater mehr bedeutet hatte als alle Schulfreunde zusammen.

»Es ist ja nett gemeint, dass ihr euch um mich kümmert. Und wollt, dass ich versorgt bin«, begann Hilde.

»Es ist übergriffig, du hast recht«, beendete Marius den Satz. »Es war ein Fehler, herzukommen. Ich habe mich von Juliane zum Sprachrohr machen lassen. Sie hat uns beide, Mareike und mich, einfach närrisch gemacht mit ihrem ... du weißt, wie sie sich aufregt. Sie ist dann wie ein Pitbull, der sich festbeißt und nicht mehr loslässt.«

Hilde nickte. Dies war wohl die Eigenschaft, die ihrer ältesten Tochter Juliane als Anwältin den Erfolg bescherte, die allerdings auch dazu geführt hatte, dass ihr Sohn Simon so schnell wie möglich nach dem Abitur das Weite gesucht hatte.

Hilde streichelte Marius über die Wange, wie sie es früher bei ihm als kleinem Jungen immer getan hatte, und setzte sich wieder. Gedankenverloren trank sie ein paar Schluck ihres Kaffees. Marius tat es ihr nach.

Eine Weile lang saßen sie still und schauten zum Strand und auf das Meer. Der Sandstreifen füllte sich zunehmend mit Menschen, die herkamen, um den Sonntag zu genießen.

»Wenn ich ehrlich bin ...«, begann Marius und brach ab. Er räusperte sich. »Ich bewundere dich. Und finde es toll, dass du unterwegs bist. All die neuen Eindrücke – wie gut es dir tut, steht dir im Gesicht geschrieben. Als du nach draußen gekommen bist am Morgen, bei unserem Wiedersehen, da war mein erster Gedanke: Das kann doch nicht sein. Du siehst aus, als hättest du die Zeit um zwanzig Jahre zurückgedreht.«

Hilde nickte. »Aber das will ich gar nicht mehr, die Zeit zurückdrehen.« Irgendetwas hatte sich verändert. »Das Leben treibt uns immer weiter vorwärts«, fuhr Hilde fort. »Das ist herausfordernd und manchmal können wir kaum Schritt halten. Aber ist es nicht das, was die Tage lebenswert macht? Was uns davon abhält einzurosten?«

15

Montag, 5. Oktober

Genüsslich streckte Hilde sich in ihrem weichen großen Bett. Kurz dachte sie daran, zu Hugo ins Nachbarzimmer zu gehen, bis ihr einfiel, dass er am Abend noch zu seinem Wohnmobil gegangen war, um dort die Nacht zu verbringen. Gerne hätte sie mit Marius gefrühstückt, doch der war am Vorabend spät aufgebrochen, um die Nacht durchzufahren, um dann am Montagvormittag wieder im Büro zu arbeiten.

Das Meer war mit seinen brandenden Wellen gut zu hören, die Sonne schien warm durchs Fenster, doch war es an diesem Tag im Haus ungewöhnlich ruhig. Hilde ging ins Bad, duschte, trug von ihrem leuchtend roten Lippenstift auf, kleidete sich an und verließ den Raum. Beiläufig glitt ihr Blick in den mannshohen Spiegel neben dem Kleiderschrank. Sie verharrte verwundert, erkannte sich im ersten Moment selbst kaum wieder. Sie wirkte größer, jünger, die Augen, die ihr in ihrer Farbe oft unbestimmbar waren, leuchteten in einem hellen Blaugrün.

Mit einem Lächeln wandte sie sich von ihrem Spiegelbild ab und ging treppab.

»Bonjour, Léo«, grüßte sie. Hugos Sohn saß allein an einem der Tische auf der Terrasse und las auf einem Tablet die Tageszeitung.

»Es ist so ruhig hier.« Sie blickte sich um.

»Wie es viel zu selten ist! Bonjour, Hilde.« Er stand auf und umarmte sie. »Inès bringt Mila in den Kindergarten und Louis in die Schule, geht dann Einkaufen und kommt gegen Mittag zurück.«

»Ich schaue mal nach Hugo.« Hilde wollte nicht stören.

»Warte.« Léo berührte sie am Arm, ließ aber schnell wieder los. Er zog einen Stuhl unter dem Tisch hervor und bot ihr mit einer Handbewegung an, Platz zu nehmen. »Ich würde gerne etwas mit dir besprechen.«

Hilde blickte zum Wohnmobil. Dort waren noch alle Rollos an den Fenstern heruntergelassen.

»Ich bringe dir auch einen Kaffee«, bot Léo an.

»Ist das ein Bestechungsversuch?« Hilde lachte und Léo stimmt in das Lachen mit ein.

»So kann man es sagen.«

Hilde nahm Platz und sah Léo nach, der im Innern des Hauses verschwand und kurz darauf mit einer Kanne voller Kaffee zurückkehrte. Er stellte sie vor Hilde ab, goss sich und ihr eine Tasse von dem dampfenden duftenden Getränk ein, dann räusperte er sich.

»C'est-à-dire ...«, begann er und zögerte.

»Es ist so ... Am Wochenende feiern Inès und ich unseren zehnten Hochzeitstag. Es wird eine große Feier geben mit Freunden, Verwandten – du weißt schon.« Immer wieder blickte Léo zum Wohnmobil, als hätte er Sorge, dass Hugo herauskäme. So nervös hatte Hilde ihn noch nie erlebt.

»Das ist doch schön«, sagte sie. »Herzlichen Glückwunsch.«

»Inès und ich wollten auch dich einladen.« Wieder ging sein Blick zum Wohnmobil, wo gerade die Verdunkelung hochgezogen wurde. »Also wir würden uns freuen, wenn ...«

»Natürlich komme ich. Gerne. Sehr gerne sogar!« Sie mochte Léo und Inès, die in vielerlei Hinsicht so viel entspannter waren als ihre eigenen Kinder.

Nun trat Hugo aus dem Wohnmobil. Hilde lief ihm entgegen. »Léo hat auch mich zu der Feier am nächsten Wochenende eingeladen«, erzählte sie ihm und drückte ihn an sich. Es war, als hätte sie schon immer hierhergehört, als wäre sie nur auf dieser langen Reise gewesen, um endlich an diesen Ort zurückzukehren. Nie hatte sie in ihrem Leben zuvor so intensiv dieses Gefühl gehabt, dazuzugehören.

So viel hatte sich verändert, seit sie unterwegs war. Erst jetzt fiel ihr auf, wie still sie doch die vergangenen Monate nach dem Tod ihres Mannes geworden war. Wie oft sie schon am späten Nachmittag den Fernseher eingeschaltet hatte, weil sie die Stille nicht mehr ertragen hatte. Sie war unflexibel und zurückhaltend geworden, und nun war es, als öffnete sich vor ihr eine Tür nach der anderen, die vorher geschlossen gewesen war. Sie fragte sich, womit sie all das Gute verdient hatte. Es schien ihr so brüchig und verletzlich und sie wünschte so sehr, dieses Glück würde niemals enden.

Hugo blickte abwechselnd zu Hilde und zu Léo. Dann schüttelte er den Kopf. »Ich hatte das mit Léo doch längst geklärt.«

Nun kam Léo dazu. Er wich Hugos Blick aus.

»Du hast für dich eine Entscheidung getroffen«, sagte Léo. »Ich habe Hilde gefragt. Das wird doch wohl noch erlaubt sein.«

Hugo schnaubte. »Ich habe gesagt, dass wir wieder fahren. Morgen, spätestens übermorgen aufbrechen.«

»Hilde wusste noch nicht einmal etwas von der Feier.« Léo presste die Lippen aufeinander.

Vater und Sohn funkelten sich an. Keiner von ihnen wandte den Blick ab. Hilde sah verwundert von Vater zu Sohn und wieder zu Hugo.

Sie nahm mit der einen Hand die von Hugo, mit der anderen die von Léo. »Du hast einfach für mich mit abgesagt, Hugo? Ohne mich zu fragen? Ohne mir überhaupt davon zu erzählen?«

Hugo zog seine Hand zurück. »Steckst du jetzt etwa mit ihm unter einer Decke?« Dann wandte er sich an seinen Sohn. Er sprach leise, doch jedes S, das er aussprach, klang wie ein gefährliches Zischen, jedes T wie ein in der Ferne abgefeuerter Schuss. Hugo war wütend und versuchte mühsam, sich zu beherrschen.

»Du legst alles darauf an, einen Keil zwischen Hilde und mich zu treiben. Wie es damals auch mit Bernadette gewesen ist. Gib es zu. Du gönnst mir mein Glück nicht. Du erträgst es nicht, wenn ich mich verliebe. Und du, Hilde ... dass du dich mit ihm verbündest ...«

»Es geht hier doch nicht um ein Verbünden«, sagte Hilde. »Es geht um ...« Sie stockte und überlegte. Sie wollte nicht in einen Machtkampf innerhalb der Familie hineingezogen werden, sie wollte nicht illoyal Hugo gegenüber sein, und trotzdem konnte sie nicht einfach nachgeben.

»Es würde mir viel bedeuten«, sagte sie leise.

»Die Familienfeier?«, fragte Hugo mit gerunzelter Stirn.

»Ja.« Sie dachte an ihre Urenkel, die Zwillinge Mia und Matteo, die sie so selten sah, was nicht nur an der großen Entfernung lag. Es wäre ein Leichtes für Simon und seine Freundin, bei ihr vorbeizukommen, wenn die kleine Familie zu Juliane fuhr. Der Umweg von Münster über Wiesbaden, wenn die Reise nach Frankfurt ging, war nicht weit. Sie rechtfertigten sich immer mit dem Aufwand, mit der langen Fahrt für die Kinder, mit Zeitdruck, doch es war etwas anderes. Die Herzlichkeit, die sie hier empfand, hatte es in ihrer eigenen Familie nie gegeben. Sie alle waren Individualisten. Manchmal hatte Hilde anerkennende Kommentare dafür erhalten, dass jedes ihrer Kinder seinen individuellen Weg einschlug, dass Juliane, Marius und Mareike ihre eigenen Träume verwirklichten. Doch die

Gemeinsamkeit war bei alledem auf der Strecke geblieben.

»Ich hätte mich sehr gefreut«, sagte Hilde und spürte einen Druck hinter den Augäpfeln, den sie versuchte wegzublinzeln.

»Es ist dir wirklich wichtig?« Hugo hob die Augenbrauen. Verwunderung lag in seinem Blick.

»Ja.« Hilde hatte nicht die Kraft, sich zu erklären. Zu viel Trauer stieg in ihr auf.

»Wenn du zu dieser verdammten Feier gehst, dann tue ich es auch. Oder gilt die Einladung für mich etwa nicht mehr, Léo?«

»Doch!« Léo antwortete so schnell, als hätte er Sorge, Hugo könne sich umentscheiden. »Doch, ich freue mich sehr, wenn ihr beide kommt.«

»Ich weiß aber nicht, ob ich es rechtzeitig schaffe, ein Geschenk zu besorgen«, sagte Hugo. Er seufzte.

»Wir brauchen kein Geschenk.« Léo umarmte seinen Vater. »Wir freuen uns wirklich, Inès und ich, wenn ihr da seid. Alle beide.«

Hugo löste sich aus der Umarmung. Er errötete und wandte sich ab. »Hast du inzwischen den Außenwasserhahn repariert? Ich muss im Wohnmobil Wasser nachfüllen.« Ohne eine Antwort abzuwarten, ging er zum Wasserhahn und drehte ihn auf, dann nickte er zufrieden.

»So ist er immer gewesen«, sagte Léo leise. »Früher noch viel mehr. Er erträgt es nicht, wenn es emotional wird. Oder wenn ich ihn umarme. Der stolze alte Herr.«

Hilde beobachtete Hugo, wie er den Wasserschlauch ausrollte und dann anschloss. So rational und beherrscht sich Hugo gab, sie glaubte nicht, dass er im Kern seines Wesens wirklich so war.

Die nächsten Tage vergingen wie im Flug. Hugo übernachtete weiterhin im Wohnmobil und nicht im Haus, mehr aus Protest und um seine Eigenständigkeit zu demonstrieren, wie Hilde vermutete. Léo ließ sich eine solche Menge an Nahrungsmitteln liefern, dass die Küchenschränke überquollen und sich Kisten bereits auf dem Boden stapelten. Auch Hugo war unentwegt in Aktion. Entgegen Léos Protest schliff er sogar die Holzterrasse ab und imprägnierte sie neu, er wusch die Sonnenschirme, die anschließend in einem fast bläulich fluoreszierenden Weiß strahlten.

Schon am Donnerstag zogen die unterschiedlichsten Kochgerüche durchs Haus. Am Freitag brutzelte es auf allen Kochplatten gleichzeitig. Léo hatte sich von Bekannten zwei zusätzliche Kühlschränke ausgeliehen. Auch Hugo stand unentwegt am Herd. Er zerkleinerte Gemüse so schnell, dass Hilde sich wunderte, wie es ihm gelang, das Messer so kontrolliert zu führen, ohne sich in die Finger zu schneiden. Sie wollte auch helfen, doch Léo und Hugo vertrieben sie mehrfach aus der Küche. Selbst für das Schälen der mit heißem Wasser übergossenen Tomaten brauchte sie so viel Zeit, dass sie das Gefühl hatte, nur im Weg zu stehen. So beschloss Hilde, die Kinder zu beschäftigen, um Inès zu entlasten.

Dann war der lang erwartete Tag endlich gekommen. Kisten stapelten sich nicht mehr nur auf dem Küchenboden, sondern auch im Flur. Die Kühlschränke waren gefüllt, die Tische dekoriert, die Terrasse erstrahlte in neuem Glanz und das Haus war geputzt.

Nach dem gemeinsamen Frühstück im Freien unter den Sonnenschirmen trafen die ersten Gäste ein.

»Geh sie begrüßen, ich kümmere mich um die Küche«, bot Hugo an. »Es ist dein Tag und der von Inès. Ihr sollt ihn genießen. Du kannst später dazukommen, um mich zu unterstützen. Lös mich einfach in einer oder zwei Stunden ab.«

Léo zögerte, doch dann nahm er das Angebot seines Vaters an.

Ohne Hugo fühlte Hilde sich mit einem Mal unsicher zwischen all den Fremden. Die Kinder sprangen zwischen den Tischen und Stühlen kreischend herum, als würde sich all die in den letzten Tagen aufgestaute Aufregung nun entladen. Bald füllte sich das Haus mehr und mehr. Das Stimmengewirr war so laut und undurchdringlich, dass Hilde kein einziges Wort mehr verstand. So war sie froh, die Küche als Fluchtraum zu haben, und folgte Hugo dorthin.

Hugo holte einen Stuhl aus dem Gastraum und stellte ihn für sie in einer Ecke hin.

»Soll ich dir noch einen Kaffee kochen?«, bot er an.

»Du hast doch genug zu tun. Du brauchst dich um mich nicht zu kümmern.«

»Ich weiß, dass ich es nicht brauche. Ich will es aber.«

Mit einem Lächeln und einer kurzen Umarmung brachte er ihr eine Tasse Kaffee.

»Und ich kann wirklich nicht helfen?«, fragte Hilde.

»Du tust viel. Indem du da bist. Du bist mein ruhender Pol.« Er warf ihr eine Kusshand zu.

Sein T-Shirt war unter den Armen nass geschwitzt, ein dunkler Fleck breitete sich auf dem Rücken aus. Hugo rannte zwischen den Kühlschränken, der Anrichte und dem Herd hin und her, er arbeitete für zwei oder drei Personen.

»Soll ich Léo Bescheid geben, damit er kommt und dir hilft?«, fragte Hilde.

»Später. Er kommt schon von selbst.«

Immer wieder blickte Hilde durch den Vorhang aus Holzperlen in den Gastraum und weiter nach draußen. Léo stand mit Inès zwischen den Gästen. Beide wirkten glücklich und aufgedreht. Die Kinder waren inzwischen zum Strand verschwunden. Immer wieder lief Hugo kurz zu den Gästen, aber nur, um neue Speisen und Getränke zu servieren, dann kümmerte er sich wieder um den Herd.

»Ich kann dir helfen«, probierte es Hilde noch einmal. Sie spürte Hugos wachsenden Unmut, auch wenn er nicht darüber sprach, doch jedes Mal, wenn er einen Deckel auf einen Topf legte, gab es ein Scheppern. Er wischte, wenn es überkochte, das Wasser nicht mehr auf.

»Morgen ist alles vorbei«, sagte Hugo. »Es bleibt nichts als ein großes Chaos übrig. Wenn das hier so weitergeht, breche ich heimlich in der Nacht auf, wenn alle in den Betten liegen. Dann können Léo und Inès sehen, wie sie zurechtkommen.« Er zwinkerte ihr verschmitzt zu.

»Das kann doch nicht die Lösung sein.« Hilde blickte wieder zu Léo. Sie winkte ihn heran, um ihm zu erklären, dass er hier in der Küche gebraucht wurde.

Léo winkte zurück, ohne ihre Botschaft zu verstehen.

»Es muss doch jemand kommen, um dir zu helfen!«, sagte Hilde. »Du hast ja so gar nichts von der Feier.« Sie verstand nicht, warum Léo sein Versprechen, Hugo abzulösen, nicht einhielt.

»Es kommt keiner. Das war absehbar.« Hugo zuckte mit den Schultern.

»Und wenn du nicht geblieben wärst? Sondern weitergefahren wie geplant? Wie hätte das dann funktionieren sollen?«

Hugo seufzte. »Wahrscheinlich hätte Léo einen Koch für diesen Tag bezahlt. Und Personal zum Bedienen.«

Hilde grübelte. Sie hatte sich im Vorfeld vorgestellt, wie sie an Hugos Seite die Freunde und Verwandten kennenlernte, wie sie plauderten und das Essen genossen.

»Léo nutzt deine Gutmütigkeit aus«, sagte Hilde.

»Wenn ich jetzt die Brocken hinschmeiße, läuft gar nichts mehr.«

»Wenn du weitermachst, denkt Léo, es ist okay für dich.«

»Eben dieser Auseinandersetzung wollte ich aus dem Weg gehen und deswegen eher fahren. So endet es immer mit uns. Wenn ich da bin, verlässt Léo sich vollständig auf mich. ›Hugo wird es schon richten.‹ Klar, sein Leben lang hat Léo nichts anderes kennengelernt.«

Es gab noch so viel, was Hilde erwidern wollte. Dass Hugo es nicht zulassen durfte, wie ein Angestellter behandelt zu werden. Dass doch niemand von ihm verlangen konnte, bis zur Erschöpfung in der Küche zu stehen. Dass er nicht der Sklave war, sondern …

»Es ist nicht so einfach«, sagte Hugo, als hätte Hilde ihre Gedanken laut ausgesprochen.

»Leicht ist es nie mit den eigenen Kindern.« Sie dachte daran, wie schwer es ihr fiel, mit Juliane offen zu reden.

»Aber ich sitze hier nicht länger untätig herum«, entschied Hilde. »Ich helfe dir. Du kochst, ich serviere. Die Schnittchen für das Abendessen sind auch schon fertig. Im Grunde muss nichts mehr gekocht werden, wenn das Mittagessen vorbei ist. Sehe ich das richtig?«

Hugo seufzte. Er antwortete nicht, aber Hilde wusste, dass sie recht hatte.

»Dann lassen wir nach dem Mittagessen alles stehen und liegen und fahren ab.« Hilde erschrak selbst über ihren Vorschlag. Konnten sie das wirklich tun? Durften sie Léo mit all der Arbeit allein lassen? »Eine blöde Idee. Vergiss es.«

»Nein.« Hugo lachte. »Wenn ich mir Léos Gesicht vorstelle ... Nein, das ist gar keine blöde Idee, sondern die beste, die du je gehabt hast.«

16

Samstag, 10. Oktober

»Jetzt«, sagte Hugo mit einem Blick auf die Uhr. Er zwinkerte Hilde zu. In der Spüle und auf den Ablagen drum herum stapelte sich schmutziges Geschirr. Die gesamte Küche war ein solches Chaos, als hätte ein Orkan durch sie hindurchgetobt. »Fahren wir.«

»Du meinst das wirklich ernst?« Hilde konnte es kaum glauben.

»Ich habe mit mir selbst gewettet. Wenn Léo mich zwischendurch ablösen kommt oder wenn er fragt, ob ich eine Pause gebrauchen kann, oder sich erkundigt, wie es mir geht, dann bleibe ich. Wenn nicht …« Er zuckte mit den Schultern. »Jetzt kriegt er den Rest seiner Feier auch allein über die Bühne, er kann sich selbst bedienen. Morgen ist Sonntag, ein ganzer Tag bleibt Inès und ihm zum Aufräumen und Putzen.«

»Das kannst du nicht tun.« Ihr Ärger auf Léo war

nun so schnell verschwunden, wie er aufgetaucht war, stattdessen meldete sich ihr schlechtes Gewissen, weil sie Hugo erst auf diese Idee gebracht hatte.

Hugo lachte. Er zog sich die weiße Schürze aus, hängte sie an den Haken, putzte sich die Hände an Küchenkrepp ab und bedeutete ihr mit einer Kopfbewegung, ihm zu folgen.

»Ich habe deine Worte noch genau im Ohr«, sagte Hugo. »Wenn du weitermachst, denkt Léo, es ist okay für dich.«

»Aber …«

Hilde spürte ihr Verantwortungsbewusstsein wie ein Nagen im Bauch, der nun zu gluckern begann. Sie hatte an diesem Tag und auch an den Tagen zuvor zu viel Kaffee getrunken, was sich nun rächte.

»Also los, alle Gäste sind beim Essen. Mich würde ja interessieren, wann es überhaupt auffällt, dass wir weg sind.«

»Ich habe noch gar nicht gepackt.«

»Alles ist schon bei mir im Wagen, ich habe die Koffer und Taschen runtergetragen, nachdem ich kurz auf der Toilette gewesen bin. Deine Koffer standen doch vor dem Bett bereit.«

Er nahm ihre Hand und zog sie mit sich. Sie kam sich vor wie ein unsicherer Backfisch auf der Flucht vor den eigenen Eltern. Früher, ja, früher wäre sie himmelhoch jauchzend mit ihm mitgekommen, in seinen umgebauten Laster, hätte sich von ihm an jeden Ort der Welt fahren lassen. Sie mochte ihn, sehr sogar. Trotzdem hielt etwas sie davon ab, sich ihm vorbehaltlos anzuschließen. War es Angst? Oder Vernunft? Oder Erfahrung?

Sie war froh, dass sie ihren eigenen Autoschlüssel in der Tasche ihrer Strickjacke mit sich trug.

»Ich fahre dir mit meinem Wagen nach«, sagte sie. »Mein Gepäck können wir ja bei einem der Stopps umladen.«

»Bei mir im Laster ist doch Platz genug für uns beide. Da findet eine gesamte Familie Raum.«

»Ich nehme lieber meinen eigenen Wagen, den will ich auch nicht stehen lassen.«

Hugos Mundwinkel senkten sich, die Enttäuschung stand ihm ins Gesicht geschrieben, doch nur für einen Sekundenbruchteil, dann nickte er.

Eine halbe Stunde später befanden sie sich auf der Küstenstraße in Richtung Süden. Hugo hielt ein zügiges Tempo, dem sie aber noch gut folgen konnte. Rechts von ihnen lag das Meer. Es schimmerte in einem strahlenden Postkartenblau, wie auch der Himmel. Doch die bunten Blätter an den Laubbäumen und die verblühten Rosen in den Vorgärten zeigten, dass sogar hier der Herbst und Winter nicht aufzuhalten waren. Bald würde es kühler werden, dann würde sie nicht mehr im Auto übernachten können, sondern eine Entscheidung stand an. Würde sie es wagen, zu Hugo in den Laster zu ziehen? Oder eine kleine Wohnung anmieten? Oder zurückkehren?

Hilde war froh, dass sie nicht gezwungen war, sofort zu handeln. Noch konnte sie es genießen, ohne Plan die Tage auf sich zukommen zu lassen, die Landschaft zu bestaunen und zu leben, als gäbe es kein Morgen.

Nach einer Stunde blinkte Hugo nach rechts. Er bremste so scharf ab und lenkte so knapp rechts auf eine enge Parkbucht, dass Hilde ihm fast auffuhr, obwohl sie ausreichend Abstand gehalten hatte. Hildes Hintermann hupte. Schweißperlen traten auf Hildes Stirn, sie schnappte nach Luft und blickte in den Rückspiegel. Mehrere Wagen fuhren mit Hupen und wildem Gestikulieren links an ihr vorbei.

Hilde lehnte ihren Kopf vorn auf das Lenkrad, dann hörte sie vor sich das laute Schlagen einer Autotür. Hugo hatte sie so schwungvoll geschlossen, dass sein Laster wackelte. Doch anstatt auf Hilde zuzukommen, wie sie es erwartete, um das halsbrecherische Manöver zu erklären, ging er um seinen Wagen herum und verschwand aus ihrem Blickfeld.

Nun hatte Hilde genug!

Sie blickte sich um, ob links von ihr jemand zum Überholen ansetzte. Doch die Fahrbahn war frei, so stieg sie aus. Bei jedem Schritt knallten ihre Absätze auf den Asphalt.

»Hugo!«, rief sie. Innerlich bereitete sie sich auf eine Konfrontation vor, wollte ihm sagen, was sie von seiner Unvorsichtigkeit hielt, mit der er sie beide in

Gefahr gebracht hatte. Dann verstummte sie. Das Wohnmobil, das vor Hugos Laster stand, kannte sie noch genau. Am Seitenstreifen auf dem Gras saß Baptiste auf einem Campingstuhl mit einer Zeitung in der Hand und las, unbeeindruckt von dem Zischen und Rumpeln des nahe vorbeitosenden Autoverkehrs. Baptiste war entspannt, als säße er am Meer und das Donnern der Fahrzeuge wäre nur der ruhige Sound einer entfernten Strandbar. Neben ihm im Gras stand eine gefüllte Kaffeetasse.

Die beiden Männer sprachen miteinander, so schnell, dass Hilde ihrem aufgeregten Französisch nicht folgen konnte. Ihr Ärger war von einer Sekunde auf die nächste wie weggeblasen. Hilde lief auf Hugo und Baptiste zu und blickte sich um.

»Wo ist denn Romy?«, fragte sie.

Baptiste zog die Augenbrauen hoch, als wüsste er zuerst nicht, wovon Hilde sprach. Dann sagte er: »Nicht da.«

»Wo ist sie?«

Baptiste zuckte mit den Schultern. »Keine Ahnung. Ich bin ja nicht ihr Babysitter. Sie hat ihren Dickkopf, so ist das eben.«

Hilde ging zum Wagen zurück, holte ihr Handy und versuchte noch einmal, wie in den vergangenen Tagen auch schon, Romy zu erreichen. Niemand nahm ab. Sofort sprang die Mailbox an. Eine Nachricht zu hinterlassen war sinnlos, viel zu oft hatte es Hilde bereits probiert.

»Wen rufst du an?«, fragte Hugo.

»Wen wohl? Romy.« Sie bemühte sich gar nicht, ihren Ärger zu verbergen.

»Das kannst du dir sparen.« Baptiste seufzte. »Ihre SIM-Karte wurde deaktiviert. Es war so eine deutsche Prepaid-Karte. Wir haben online eine Reaktivierung versucht, aber das hat nicht geklappt.«

Baptistes Gesicht blieb entspannt, fast, als wäre er erleichtert, Romy los zu sein. Hilde musterte ihn und seine demonstrative Gelassenheit. Er war für sie undurchschaubar.

»Was ist geschehen?«, fragte Hilde. Sie konnte sich nicht vorstellen, dass Romy ohne Grund gegangen war, gerade in einem fremden Land und ohne Geld war es für sie nicht leicht, auf der Straße zu überleben.

»Was soll schon passiert sein?« Baptiste seufzte wieder.

»Das frage ich dich!«

»Sie ist kein einfacher Mensch.«

»Was heißt?« Hilde trat noch einen Schritt näher an ihn heran. Die Laster, die dicht an ihr vorbeifuhren und deren Fahrtwind sie immer wieder spürte, irritierten sie. Am liebsten wäre sie direkt weitergefahren, doch sie schwor sich, nicht lockerzulassen, bis sie eine Antwort bekam.

»Es war ihre Entscheidung«, sagte Baptiste.

Hilde blickte zu Hugo und ärgerte sich, dass er nicht nachhakte, sondern nur danebenstand und tat, als ginge ihn das alles nichts an. Wahrscheinlich interessierte es ihn wirklich nicht, was mit Romy geschehen war. War es nicht eine Selbstverständlichkeit, dass er ihr aus Loyalität zur Seite sprang?

»Du hast sie bedrängt.« Hilde fixierte Baptiste.

»Nein! Natürlich nicht!«

»Was dann?«

»En passant ... wenn du es unbedingt wissen willst ... Wir hatten Streit. Ich wollte, dass sie wieder zur Schule geht. Sie ist klug. Sehr sogar. Sie kann einen guten Abschluss machen. Dann eine Ausbildung anfangen oder studieren. Die Welt steht ihr offen. Ich habe ihr gesagt, dass sie auch gar keine Schule besuchen muss, sondern sich direkt zu externen Prüfungen anmelden kann. Sie hätte ein Abschlusszeugnis. Das wäre für sie leicht machbar. Sie verschwendet ihr Leben.«

Hilde brauchte eine Weile, bis sie begriff, was er gesagt hatte. Dann nickte sie. Doch wie er ihrem Blick auswich, wie er seine Kaffeetasse hochnahm und das Porzellan umklammerte, das ließ sie stutzig werden.

»Da ist noch etwas gewesen«, sagte Hilde.

»Lass gut sein«, mischte sich Hugo ein.

»Ich will es wissen!« Hilde funkelte Hugo wütend an.

Baptiste verschränkte die Arme. »Nein, das ist nicht alles. Sie dachte sich, dass sie und ich ... dass wir beide ... ich war aufgewacht und sie lag nackt neben mir. Sie wollte ... Es ist ja klar, was sie wollte. Für mich war unsere Beziehung freundschaftlich. Natürlich fand ich sie sexy. Ich hätte gewollt, ja, das hätte ich. Ich bin auch nur ein Mann. Aber sie ist sechzehn! Das geht einfach nicht. Und das habe ich ihr gesagt. Bin rausgegangen, bis ... bis ich Abstand hatte. Und dann war sie weg. Am Vorabend hatten wir den Streit wegen dem Schulabschluss.« Seine Gesichtszüge erschlafften. Baptiste wirkte wie ein alter Mann. Ein Augenlid zuckte. Seine Hand zitterte so stark, dass er Kaffee auf seine Zeitung verschüttete. Mit einem Fluch stellte er die Kaffeetasse wieder ins Gras, die durch die Bodenunebenheit nun vollständig umkippte. Baptiste stand auf, trat nach der Tasse und hob sie dann auf. Er klappte seinen Stuhl zusammen und ging zu seinem Wohnmobil zurück.

»Du fährst?«, fragte Hugo. »Wir können ...«

»Lasst mich in Ruhe. Das kann doch nicht so schwer sein.« Baptiste stieg ein. »Oder wollt ihr noch weiter auf mir rumhacken?«

Baptiste fuhr ab.

»Es tut mir leid.« Hilde blickte dem Wohnmobil nach, das zügig beschleunigte, sich zwischen den anderen Fahrzeugen einordnete und bald außer Sichtweite war. »Ich wollte ihn nicht ...« Ihr fiel das französische Wort nicht ein.

»Du hast nichts falsch gemacht«, sagte Hugo. »Baptiste ist manchmal – er ist auch kein einfacher Mensch. Ich glaube, das ist keiner von uns, die wir ununterbrochen unterwegs sind. Wären wir einfache Menschen, würden wir irgendwo in eine Wohnung ziehen und einen Alltag leben, wie es die meisten tun. Aber irgendwas zieht uns weiter, zerrt an uns, lässt uns rastlos werden. Die Tage haben dann keinen festen Rhythmus mehr, sondern sind eine Ansammlung von Versuchen und Fehlversuchen. Manchmal gelingt etwas. Und das mit Romy und Baptiste – es ist anscheinend wirklich schiefgegangen. Das schmerzt ihn. Daran hast du keinen Anteil. Du kannst ihn nicht ändern und Romy auch nicht. Nur dich selbst.«

17

Sonntag, 11. Oktober

Langsam wurden die Nächte kühler, das konnte Hilde nicht länger ignorieren. Mehrfach war sie ab Mitternacht in ihrem Kombi aufgewacht, weil die Decken nicht mehr ausreichten, um sie warm zu halten. Je näher das Morgengrauen rückte, umso kälter wurde es. Ihre Füße blieben eisig, dabei half es auch nicht, drei Paar Socken übereinander zu ziehen und zusätzlich im dicken Wollpullover und der Winterjacke ins Bett zu gehen.

Es bildete sich im Laufe der Nacht so viel Feuchtigkeit innen an den Fenstern, dass das Wasser in Tropfen hinunterrann. Um die Scheiben trocken zu wischen, benötigte sie eine ganze Küchenrolle. Laut der Wettervorhersage waren es in der vergangenen Nacht acht Grad gewesen, was nicht so schlimm klang, doch schon jetzt war klar, dass Hilde ihre Reise in der Form nicht fortsetzen konnte. Es kostete sie Überwindung, kurz nach Sonnenaufgang die Decken von sich zu schieben, in die Schuhe zu schlüpfen, die innen auch eiskalt waren, um zu Hugo ins aufgeheizte Wohnmobil zu gehen.

Sie schloss kurz noch einmal die Augen, rieb sich den Schlafsand aus den Augenwinkeln, dann tat sie, was getan werden musste. Wenige Minuten später klopfte sie an Hugos Tür.

»Du siehst durchgefroren aus«, sagte er zur Begrüßung.

Die Wärme, die Hilde von der Dieselheizung entgegenwehte, war so stark, dass ihre Wangen, die Stirn und die Finger prickelten. Sie seufzte vor Erleichterung und setzte sich auf den bequemen und breiten Fahrersitz, den Hugo bereits für sie umgedreht hatte. Er selbst nahm auf der Sitzbank gegenüber Platz.

»Es ist ein Wunder, dass du dich noch nicht erkältet hast«, sagte Hugo. »Du weißt, das Angebot steht. Hier ist mehr als genug Raum für uns beide.«

»Erkältung hat nichts mit Kälte zu tun, sondern mit Viren und Bakterien.« Hilde wusste im ersten Moment nicht, warum sie so gereizt reagierte. Sie wollte ihre Reise nicht abbrechen, aber sie wollte auch nicht zu Hugo ziehen. Sie fühlte sich zu alt, um sich Hals über Kopf in eine neue Beziehung zu stürzen. Eine Wohnung wollte sie ebenso wenig mieten, zu sehr hatte sie genossen, immer wieder andere Orte kennenzulernen und die Bewegung zu spüren, die sie auch innerlich erfasste. Mit dem Wagen hatte sie Kilometer um Kilometer das Gefühl, in ein neues Leben aufzubrechen.

»Es tut mir leid, ich bin heute etwas müde«, sagte sie, ohne auf die Einzelheiten einzugehen. Doch sie musste Hugo nichts erklären, er wusste auch so, was sie meinte. »Aber wenn du noch eine Decke für mich übrig hättest …«

»Sogar einen Schlafsack, der bis minus zehn Grad warm hält.« Er reichte ihr eine dampfende Tasse Kaffee.

Hilde nahm sie dankend an und wärmte ihre vor Kälte steifen Finger, die sich bald geschmeidiger anfühlten. Während des Frühstücks redeten sie nicht viel. Nicht nur Hilde war in Gedanken beim baldigen Ende ihrer Autoreise, sondern auch Hugo schien in sich versunken.

»Denkst du an Léo?«, fragte sie und ahnte die Antwort bereits.

Hugo zuckte mit den Schultern.

»Hat er sich gemeldet?« Sie wollte Hugos Hand nehmen, doch er zog sie weg.

Seine Schweigsamkeit drückte noch mehr auf ihre Stimmung.

»Wir sind beide nicht besonders gut darin, offen zu sagen, wenn wir mit einer Sache hadern.« Hilde musterte ihn. Auch Hugo wirkte mit den dunkeln Schatten um die Augen müde und erschöpft.

Gleichmäßig rauschte die Heizung unter dem Beifahrersitz. Hildes Füße fühlten sich inzwischen angenehm warm an.

»Er ist wütend«, sagte Hugo. »Hat geschrieben. Es

ist besser, wenn ich ihn erst einmal nicht sehe. Er braucht Zeit, sich wieder abzuregen.«

Hilde schluckte. Sie trank von ihrem Kaffee, doch auch dadurch wurde die Enge im Hals nicht weniger. Sie bereute, dass sie diejenige gewesen war, die während der Feier den Vorschlag gemacht hatte, die Arbeit einfach liegen zu lassen und aufzubrechen.

»Du bist nicht schuld«, sagte Hugo, als hätte er ihre Gedanken gelesen. »Es ist eine Sache zwischen Léo und mir. Wir Eltern ernten nur, was wir lange im Vorfeld gesät haben. Das Verhältnis von Léo und mir war nie einfach, wir haben unsere guten Phasen und auch schlechte. Leider mehr schlechte als gute. Die Beziehung zwischen uns ...« Er massierte sich die Schläfen. »Es gibt so viele unausgesprochene Erwartungen. Enttäuschungen.«

Hilde nickte. Sie wusste genau, wovon er sprach. Zwischen ihr und ihren Kindern war es ähnlich, nur war sie all die Jahre Meisterin darin geworden, unausgesprochene Erwartungen zu erfüllen, auch um den Preis der Selbstverleugnung.

»Es ist gut, dass du eine Grenze gesetzt hast«, sagte Hilde. »Wir müssen uns aneinander reiben, sonst entsteht keine Wärme. Das ist leicht gesagt, ich weiß. Aber du hast keinen Fehler gemacht. Während der Feier wäre es kein guter Zeitpunkt für eine Auseinandersetzung gewesen. Es war sozusagen ... Notwehr.«

»Lass uns rausgehen. Spazierengehen. Oder hast du Hunger?«

Hilde war dankbar für das Angebot. Auch sie war innerlich so aufgewühlt, dass sie nicht einmal Appetit verspürte.

Noch immer nachdenklich gingen beide schweigend nebeneinanderher, vom Stellplatz am Pinienwald zum Wanderweg und von dort aus zum Strand.

Auf dem Stellplatz waren sie die einzigen Fahrzeuge gewesen, auf der Straße daneben war so früh am Tag noch wenig Betrieb. Doch am Strand füllte sich die Promenade schnell. Hundebesitzer gingen mit ihren Tieren spazieren, Familien fuhren mit ihren Fahrrädern, Händler bauten ihre Stände auf, um Souvenirs und Snacks zu verkaufen. Die kleinen weißen Häuser mit den blauen Fensterläden der Ortschaft strahlten im Sonnenlicht.

Bald ließen Hilde und Hugo die Häuser hinter sich, dann liefen sie weiter den Strand entlang in Richtung Süden. Schnell nahm die Kraft der Sonne zu, so zog Hilde erst ihre Jacke und kurz danach den Pullover aus. Sie genoss die warmen Sonnenstrahlen, die von der Seite kamen. Surfer holten ihre Boards aus den Wagen, Fischer saßen bereits am Strand auf ihren Stühlen mit kleinen Zelten daneben, in denen sie ihr Proviant in Kühlboxen lagerten.

In der Ferne entdeckte Hilde ein Gasthaus.

»Lass uns hier frühstücken«, schlug sie vor. »Ich lade dich ein.«

Doch je näher sie kamen, umso deutlicher wurde der Verfall. Die Tische und Stühle auf der Terrasse waren umgekippt und vom Wind in Richtung des

Strandes geweht worden. Scheiben waren eingeschlagen und fehlten teilweise ganz. Das Dach war undicht, die Holzterrasse an einigen Stellen morsch.

»Hier gibt es für uns nichts.« Hilde seufzte.

Sie wollte Hugo weiterziehen, doch der verharrte gedankenverloren.

»Hugo«, sagte sie.

Er hatte ein Lächeln auf den Lippen, schaute zum Dach hoch, dann wieder zur Terrasse. So sehr war er in seine eigene Welt eingetaucht, dass er sie gar nicht mehr wahrzunehmen schien. Langsam ging er auf die Terrasse zu. Er nahm einen der ehemals weißen Plastikstühle, die nun einen graubraunen Überzug aus Moos, Sand und Staub hatten. Er störte sich nicht daran. Einen der Stühle stellte er in einiger Entfernung ab und betrachtete mit einem Lächeln auf den Lippen das Gebäude.

»Hugo?«, fragte sie noch einmal.

»Der perfekte Ort«, sagte er. »Abseits vom Trubel, aber doch nah an den Geschäften und den anderen Restaurants. Und groß genug, dass sogar ein paar Gästezimmer reinpassen.«

»Es ist eine Ruine!«

»Du hättest das Haus sehen können, das ich Léo überschrieben habe, wie der Zustand vor knapp über dreißig Jahren war. Noch viel katastrophaler. Léo war damals gerade in die vierte Klasse gekommen. Das Erste, was wir hergerichtet haben, war ein Kinderzimmer mit Schreibtisch, damit er ausgeruht zur Schule gehen und nachmittags seine Hausaufgaben erledigen konnte. Wir Eltern haben lange im Chaos übernachtet.

Der erste Winter war hart gewesen. Das Dach hat nicht gehalten, obwohl ich es mit Dachpappe verstärkt hatte. So sind sie hier, die Winterstürme. Es gab zwei Holzöfen, einen im Wohnzimmer, einen in Léos Zimmer. Nachts gingen sie immer aus und so sind die Leitungen erst mehrfach eingefroren, dann geplatzt. Aber heute – du hast gesehen, was daraus geworden ist.« Seine Augen leuchteten.

Er kam auf sie zu. Die Rückseite seiner Hose war von dem grünlichen Braun eingefärbt, seine Hände und sein Bart waren staubig.

»Wir könnten das Grundstück kaufen, das Haus wird es als Zugabe geben«, sagte Hugo. »Wir beide. Du und ich. Ich weiß doch, dass du eigentlich nicht zurück nach Deutschland möchtest, weil dich dort nichts mehr hält. Dass du auch nicht zu mir in den Laster ziehen willst. Und eine Wohnung für die Wintermonate – das ist wohl auch nicht dein Ding. Aber hier …« Mit den Armen vollführte er eine ausladende Bewegung, zeigte zum Haus, zum Strand, zum Meer. »Hier hätten wir beide unsere Bereiche. Wir könnten uns sogar jeder eine ganze Etage herrichten, deine Kinder könnten zu Besuch kommen. Es wäre Platz genug für alle da.«

»Ich will dir die Freude nicht verderben …« Sie räusperte sich.

»Wenn du es jetzt nicht erkennst, das Potenzial, das in diesem Ort steckt, kann ich dir Bilder zeigen, wie Léos Restaurant früher ausgesehen hat. Die Fotoalben sind noch bei Léo im Regal. Hier hätten wir es viel leichter: Es gibt Strom- und Wasseranschlüsse, auch ist alles unkomplizierter, wenn man es zum zweiten Mal in Angriff nimmt. Ich kenne einen guten Dachdecker ...«

Hilde unterbrach ihn nicht, wollte ihm seine Begeisterung nicht nehmen. Immer tiefer tauchte er in seine Träume ein, strukturierte in Gedanken die anstehenden Arbeiten und überlegte, seinen Laster zu verkaufen, um Geld für die Umbauarbeiten zu bekommen.

Er lief um das Gebäude herum, betrachtete es von allen Seiten, ging ins Innere und fotografierte die Räume.

»Was denkst du?«, fragte er.

»Du bereust, dass du das Haus mit dem Restaurant jetzt schon an Léo vererbt hast«, sagte sie. Es war die Sehnsucht, die aus ihm sprach, nicht die Vernunft. »Manchmal wünschten wir, die Zeit zurückzudrehen. Noch einmal jung zu sein. Neu zu starten.«

»Mit dir.«

18

Sonntag, 11. Oktober

Romy, war Hildes erster Gedanke beim Telefonklingeln. Draußen dämmerte es bereits und sie war gerade eingenickt. Die Müdigkeit, die sie an diesem Abend verspürte, war enorm, was nicht nur an der langen Strandwanderung mit Hugo lag. Er versuchte, sie in eine Richtung zu bewegen, zu Schritten, zu denen sie nicht bereit war.

Nervös tastete sie neben der Matratze auf dem Filz der umgeklappten Rücksitze. Irgendwo musste sich das Handy doch befinden! Dann entdeckte sie ein Leuchten zwischen Rückbank und Türverkleidung. Sie zog das Gerät hervor und nahm das Gespräch an.

»Da bist du ja, ich habe heute schon bestimmt zehn Mal versucht, dich zu erreichen«, begann Juliane.

»Jetzt bin ich ja da.«

»Du hörst dich erschöpft an.«

»Ich hatte schon geschlafen.« Hilde ärgerte sich, dass sie das Gefühl hatte, sich rechtfertigen zu müssen. Durfte nicht jeder Mensch ins Bett gehen, wann er wollte?

»So früh? Es ist nicht mal neun. Sag bloß, du übernachtest noch immer im Auto?« Julianes Atmung klang, als schnappe sie nach Luft. »Wenn ich mir das vergegenwärtige ... Meine Mutter. Lebt auf der Straße. Gefällt dir das? Geht es dir gut damit, wenn wir Kinder uns Tag und Nacht um dich sorgen, uns ausmalen, wie du einen Unfall baust, überfallen wirst, irgendwann morgens erfroren bist?«

Hilde schwieg.

»Ich mache mir Sorgen. Mama! Ist das denn so schwer zu verstehen?«, fragte Juliane. »Ich will nur, dass es dir gut geht, nicht mehr und nicht weniger.«

Hilde räusperte sich. Doch dann blieb sie wieder still. Sie wollte die Diskussion nicht führen, nicht noch einmal. Wenn sie jetzt Juliane von Hugos Idee erzählen würde, ein Grundstück zu kaufen und ein Restaurant zu eröffnen, dann hätte sie endlich Ruhe. Ein Mann wäre an ihrer Seite, nur elf Jahre älter als Juliane, ein gut aussehender, unternehmungslustiger Franzose, der auch ihre älteste Tochter beeindrucken würde. Juliane könnte zu Besuch kommen, Hugo kennenlernen und alle Mutter-Tochter-Diskussionen wären gelöst.

Hilde schüttelte den Kopf, sobald sie sich ihrer Gedanken bewusst wurde. Dabei hatte sie früher einen so hohen Wert darauf gelegt, ihren Kindern zu vermitteln, dass es keine Partnerschaft brauchte, um vollständig zu sein. Dass auch Frauen erfolgreich und selbstständig sein konnten, dass es wichtiger war, der eigenen Stimme zu folgen anstatt es anderen recht zu machen.

»Dass du so konservativ bist, wusste ich gar nicht«, sagte Hilde.

Juliane ging nicht darauf ein. »Ich weiß nicht, wie du es geschafft hast, Marius um den Finger zu wickeln. Er ist extra zu dir gefahren, die weite Strecke. Und jetzt ist alles, was er sagt: ›Kein Problem, mach dir keine Sorgen!‹

Er erzählt mir nichts. Ich weiß überhaupt nicht, was los ist. Früher konnte ich dich einschätzen. Und nun? Du denkst dir jeden Tag irgendwas Neues aus, bringst dich in Gefahr. Du brichst in ein Abenteuer auf, das dein Tod sein könnte.«

»Ich bin 84 Jahre alt. Ich kann jeden Tag sterben. Aber davor die Tage will ich wenigstens gelebt haben.« Sie wünschte sich so sehr, sie könnte mit Juliane auf Augenhöhe sprechen. Was war nur so schwer an diesem Verhältnis zwischen Eltern und Kindern? Warum war es so fragil?

Nun war es Juliane, die schwieg.

»Weißt du ...«, begann Hilde. Sie wurde von einer Sehnsucht gepackt, die sich wie ein Nagen im Bauch anfühlte. »Ich frage mich einfach: Was ist aus meinen eigenen Träumen geworden?« Sie mochte Hugo, sehr sogar. Früher hätte sie bestimmt von Liebe gesprochen, aber inzwischen fand sie, dass »Liebe« ein viel zu großes Wort war, um es zu verwenden.

Sie wusste, wie sie gestrickt war. In einer Beziehung würde sie bald beginnen, Hugo die Entscheidungen zu überlassen und sich unterzuordnen. Das war ihr Muster, da konnte sie nicht aus ihrer Haut. Nun wollte sie es anders machen. »Da war dieses Mädchen, diese junge Frau. Ich weiß nicht, ob ich dir von ihr erzählt habe. Romy heißt sie. Die Tramperin, die ich eine Weile mitgenommen habe.«

Hilde schloss für einen Moment die Augen und die Müdigkeit verschwand von einer Sekunde auf die nächste.

»An ihrer Seite habe ich jeden Tag mehr und mehr Mut gefasst und Neues gewagt. Sie hat mir gezeigt, dass es noch etwas anderes gibt, als sich bequem zurückzulehnen. Seit ich sie getroffen habe, denke ich viel nach, über mein Leben, über die Liebe, über meine Zukunft.«

»Du hörst dich an wie Simon vor zehn Jahren. Bei ihm war es verständlich. Er war gerade mit der Schule fertig und konnte sich nicht entscheiden. Spätpubertär eben. Aber du, Mama?«

»Und du hörst dich an wie die Wiedergeburt von Fräulein Rottenmeier. Fehlen nur die Zwickelbrille und der Dutt. Erinnerst du dich noch an die Heidi-Serie? Die Haushälterin mit der panischen Angst vor Tieren? Du hast keine Angst vor kleinen Kätzchen, aber vor Veränderungen.«

»Austeilen kannst du, das muss man dir lassen.«

Hildes Wut verschwand unerwartet, genau wie der Wunsch, sich Juliane gegenüber zu erklären. Dann verstand ihre Älteste eben nicht, was in ihr, Hilde, vorging. Manchmal musste man wohl Tatsachen einfach anerkennen. »Du hast recht, das war nicht fair. Aber es ändert nichts daran: Ich lasse mir nicht von dir reinreden bei dem, was ich tue. Punkt und Ende.«

19

Montag, 12. Oktober

Wieder war es das Telefonklingeln, das sie aus dem Schlaf riss. Am Horizont ging bereits die Sonne auf, doch durch die beschlagenen Autoscheiben drang nur wenig Licht ins Innere, die Außenwelt erschien wie durch dichten Nebel.

Hilde nahm das Gespräch an und erwartete, irgendeins ihrer Kinder zu sprechen. *Hoffentlich nicht wieder Juliane*, dachte sie.

»Hilde?«, klang ein Schluchzen, verzerrt und leise. Hilde erkannte die Stimme sofort.

»Romy! Die Verbindung ist ganz schlecht.«

»Ich bin ausgeraubt worden. Die Polizei war hier. Irgendwelche Kids haben mein Zelt angezündet. Ein Streichholz reingeworfen. Mein Schlafsack hat sofort angefangen zu brennen, das Zelt auch. Dann meine Papiere. Mein Rucksack. Das Geld. Alles weg.« Nun war Romy gut zu verstehen, das Knacken in der Leitung war verschwunden.

»Bist du verletzt? Wo bist du? Wie geht es dir jetzt? Hast du jemanden, der dir hilft? Hat die Polizei schon irgendjemanden in Deutschland angerufen? Deine Eltern?« Hildes Gedanken überschlugen sich.

»Mir ist nichts passiert. Aber alles, was ich hatte – weg.«

»Wo bist du?«

Romy nannte die Adresse einer Polizeistation in Bordeaux.

»Ich komme!« Hilde überlegte nicht. Romy brauchte sie. Jetzt.

Erst vorsichtig, dann kräftiger klopfte sie an die Tür von Hugos Laster. Alle Verdunkelungen waren noch heruntergezogen. Kein Laut drang aus dem Innern. Aus der Ferne war das gleichmäßige Rauschen der Wellen zu hören, wie sich das Wasser an den Felsen brach. Die Sonne schien bereits unwirklich intensiv, obwohl sie so kurz nach ihrem Aufgang noch wie ein roter Feuerball über den Dächern der nahen Häuser stand. Es würde wieder einmal ein warmer Tag werden. Die Nacht war bewölkt gewesen, deswegen war es diesmal nicht so stark abgekühlt.

»Hugo«, rief sie.

Er antwortete nicht. Hilde gab sich einen Ruck, dann packte sie die Türverriegelung und zog daran. Es war nicht abgeschlossen. Nun strahlte die Sonne durch die Tür ins Dunkel und erhellte den Wohnraum. Hugo rieb sich über die Augen. Im Innern war es angenehm warm. Er lag mit nacktem Oberkörper im Bett, nur spärlich mit seinem Schlafsack bedeckt.

Hilde schaute beiseite.

»Komm ruhig rein«, sagte Hugo. »Nimm Platz.«

Hilde wollte sich nicht setzen, aber in der geöffneten Tür stehen zu bleiben, das war auch keine Lösung. So trat sie vollständig ein, öffnete die Rollos und nahm auf der Kante der Sitzbank Platz.

Hugo setzte sich auf und zog sich ein T-Shirt über. Noch verschlafen rieb er sich übers Gesicht.

»So früh heute?«, fragte er.

»Ich muss mit dir reden.«

»Das klingt gefährlich.« Er lachte.

Hilde räusperte sich. Sie wusste nicht, wo sie beginnen sollte. Es war, als hätte sie alle französischen Vokabeln von einer Sekunde auf die andere vergessen. Trotz der geschlossenen Fenster und Türen war im Laster noch das Rauschen der Wellen zu hören, doch es beruhigte Hilde nicht, sondern steigerte ihre Nervosität. Nun erinnerte es sie in seiner Gleichförmigkeit daran, wie die Zeit verstrich, dass Romy auf sie wartete.

»Du weißt, dass ich dich mag ...«, begann Hilde und stockte.

Sie wünschte, Hugo würde irgendetwas sagen, um es ihr zu erleichtern, ihre Gedanken auszusprechen. Doch er schwieg. Er faltete seinen Schlafsack zusammen und hielt ihn wie ein Schutzschild vor seinen Bauch.

»Ich habe viel über die Liebe nachgedacht, seit wir uns getroffen haben«, sagte sie und wartete auf eine Reaktion.

Er zuckte mit den Schultern. »Ich bin eher jemand, der handelt. Was hilft das Grübeln und Aufstellen von irgendwelchen Theorien?«

»Anfangs, wenn wir verliebt sind, dann bauen wir für die Liebe eine Bühne. Ach was, wir bauen ein ganzes Theater und die Liebe ist das Schauspiel, das wir aufführen und zum Besten geben. Wir werden zu Schauspielern, weisen uns und dem anderen Rollen zu. Dann stehen wir da, auf unserer großen Bühne, und führen das Stück ›Liebe‹ auf. Wir versetzen uns so sehr in unsere Rollen hinein, dass wir gar nicht mehr begreifen, was das Schauspiel ist und was die Wirklichkeit. Das Schauspiel selbst wird zur Realität, zum ganzen Leben, zu unserer Welt.« Hilde hielt inne. »Aber irgendwann kommt der Moment, da erkennen wir, dass der andere doch nicht der König oder die Königin ist, nicht Ritter, Elfe oder ein anderes Traumwesen. Das Leben hält Einzug. Erst wird es nur mühsam, die Rollen weiter aufrechtzuerhalten, dann lassen wir es ganz. Der edle Ritter auf dem weißen Pferd lümmelt sich im Unterhemd vor dem Fernseher und schaut Fußball. Die vorher immer gut gelaunte Königin sitzt mit ungewaschenen Haaren und Jogginghose am Telefon und plaudert mit ihren Freundinnen, anstatt für ihren Liebsten ein Drei-Gänge-Menü zu kochen. Das klingt jetzt vielleicht blöd. Aber weißt du, was ich meine?«

»Sicher. Die Phase der Verliebtheit dauert nicht ewig. Irgendwann kehrt der Alltag ein. Und ja, das ist mit Enttäuschungen verbunden. So ist das Leben.«

Beide schwiegen, nur sekundenlang, was Hilde wie Stunden vorkam. Es fühlte sich an, als würde die Stille sich materialisieren und eine Mauer zwischen ihnen errichten.

»Ich will nicht, dass es so endet mit uns«, sagte Hilde.

»Das muss es nicht. Bei uns kann es anders laufen.«

»Das sagen alle Liebenden.«

»Willst du dein Leben lang allein bleiben? Immer unterwegs? Niemals ankommen? Ist das deine Art, Schluss zu machen?«

Hilde stützte ihre Ellbogen auf den Tisch vor sich. Ihr Kopf ruhte auf den Händen. Mit einem Mal fühlte sie sich endlos müde.

»Wenn ich dir etwas bedeuten würde, würdest du uns und unserer Zukunft eine Chance geben.«

»So einfach ist das nicht.« Sie richtete sich auf, was sie mehr Kraft kostete als alle Telefonate mit Juliane. »Ich möchte dich nicht verletzen. Wahrscheinlich tue ich es trotzdem.« Sie schloss die Augen. »Romy hat angerufen. Sie braucht mich. Sie ist ausgeraubt worden. Ich fahre, um sie aufzugabeln.«

Hugo schwieg.

Hilde stand auf. Wie leicht wäre es nun zu sagen, dass sie alles nicht so gemeint hatte, anschließend mit ihm einen Kaffee zu trinken, zu frühstücken und ihn in seinem Plan zu unterstützen, das Grundstück am Meer zu kaufen und ein neues Restaurant zu eröffnen – mit ihr an seiner Seite. Wie leicht wäre es, einfach so zu tun, als hätte es dieses Gespräch eben nie gegeben. Eine vorübergehende Verirrung. Nicht mehr.

»Du fährst wirklich?«, fragte er.

»Ja.«

»Kommst du zurück?«

»Ich weiß nicht.« Sie wünschte, ihm eine andere Antwort geben zu können, aber das konnte sie nicht, wenn sie bei der Wahrheit bleiben wollte.

»Du kannst zurückkommen. Wann immer du willst. Ich hoffe, du weißt es.« Er stand auf, kam auf sie zu und umarmte sie.

Sanft strichen seine Finger über ihren Rücken. Die Verspannungen an ihrem Nacken lösten sich. Kurz ließ sie sich in seine Arme sinken, dann richtete sie sich wieder auf.

»Ich weiß«, sagte sie. »Danke, Hugo. Du bist ein wunderbarer Freund.« Sie hatte gehofft, nicht zu weinen, doch nun kamen ihr trotzdem die Tränen, sie rannen über ihre Wangen, tropften vom Kinn auf sein T-Shirt und hinterließen dort dunkle Flecken.

»Tu, was du tun musst«, sagte Hugo.

Sie gab ihm einen Kuss und drückte ihn noch einmal fest an sich. Dann löste sie sich aus der Umarmung, winkte ihm zum Abschied, öffnete die Tür und ging zu ihrem Kombi.

Im Rückspiegel sah sie, wie er ihr nachschaute. Nach der ersten Kurve war er aus ihrem Blickfeld verschwunden.

20

Montag, 12. Oktober

Hilde stellte ihren Wagen einige Straßen entfernt von ihrem Ziel in einer Ladezone ab, aus der gerade ein Lieferwagen ausparkte. Mit einem Seufzen drehte sie den Zündschlüssel um und der Motor ging aus.

Geschafft!

Zum ersten Mal in ihrem Leben war es ihr gelungen, mit einer Navigationsapp auf dem Handy durch das Straßengewirr einer fremden Stadt zu finden. In ihrer Vorfreude auf das Wiedersehen mit Romy hatte sie all die Probleme der Fahrt bewältigt, ohne im Vorfeld darüber nachzudenken.

Verwundert und auch ein bisschen stolz auf sich selbst stieg sie aus dem Kombi und verriegelte ihn. Die Blinker leuchteten mit einem Klacken auf. Sie blickte sich um. Bald würde sie wieder wegfahren. Hoffentlich würde sie keinen Strafzettel bekommen oder abgeschleppt werden!

Die Frauenstimme aus dem Handy wies ihr weiter den Weg, ließ sie an Kreuzungen mehrfach abbiegen, bis sie das historische Stadtzentrum mit all den prunkvollen Altbauten erreichte. Gerne hätte Hilde die Gebäude, Gassen und Plätze fotografiert, in denen sie sich in eine längst vergangene Zeit zurückversetzt fühlte. »Der Hafen des Mondes« wurde dieses Stadtviertel genannt und Hilde erkannte nun auch, warum es so war. In einem Halbmond mäanderte die Garonne durch die Stadt. Die Atmosphäre hatte etwas Weltentrücktes. Trotz des Trubels herrschte keine Hektik. Die Sandsteinfassaden der mehrstöckigen Altbauten strahlten warm im Sonnenlicht.

Hilde erkannte das Café mit der grünen Markise sofort, das Romy als Treffpunkt vorgeschlagen hatte. Dort saß sie auch. Romy.

Romy sprang von ihrem Stuhl auf und lief Hilde entgegen. Beide Frauen umarmten sich so fest, als hätten sie Angst, sich wieder zu verlieren.

»Du bist gekommen«, sagte Romy.

»Wie ich es versprochen habe.«

»Nicht viele Menschen halten ihre Versprechen.«

Hilde blickte auf den Tisch, an dem Romy gesessen hatte. Eine halb volle Tasse Kakao stand dort.

»Setzen wir uns.« Hilde schob den Gedanken an den illegal geparkten Wagen beiseite.

Romy blickte sich um und bewegte sich zögernd.

»Erzähl, wie es dir ergangen ist«, sagte Hilde. Ein lautes Grummeln aus Romys Magen ließ sie verwundert innehalten. »Sag bloß, du hast noch nichts gegessen?«

»Es ist so …« Romy blickte sich um und rutschte auf die Stuhlkante. »Ich wollte mir nichts bestellen, weil – ich habe kein Geld. Ich kann nicht mal den Kakao bezahlen. Aber einfach nur hier sitzen, das ging nicht, dann hätten sie mich rausgeschmissen.«

»Wenn du dir jetzt nichts von der Speisekarte aussuchst, tue ich es für dich.« Hilde legte scherzhaft eine Strenge in ihre Stimme, die Romy grinsen ließ. Romy trank den Kakao in einem Zug aus und bestellte anschließend zwei Croissants, Baguette, eine Aufschnitt- und eine Platte mit klein geschnittenen Früchten.

»Warum bist du nicht mit Baptiste weitergereist?«, fragte Hilde.

»Themenwechsel.«

»Warum hast du dich nie gemeldet? Ich habe mir Sorgen um dich gemacht. Ich dachte …«

»Du denkst zu viel.«

Hilde nahm sich einen der Melonenwürfel und aß ihn langsam. Die Distanz zwischen Romy und sich zu spüren, schmerzte.

Hilde wartete, bis Romy aufgegessen hatte, dann zahlte sie.

»Wer bin ich für dich?«, fragte Hilde und verbarg ihre Enttäuschung. »Eine wandelnde Kreditkarte mit Notfall-Rettungsfunktion?« Sie versuchte, es scherzhaft klingen zu lassen.

»Das denkst du?«

Hilde zuckte mit den Schultern. »Eine Gegenfrage ist keine Antwort.«

Romy schüttelte den Kopf und seufzte.

»Wie sieht denn dein Plan aus?«, erkundigte sich Hilde.

»Du stellst so viele Fragen. Alle wollen Antworten von mir. Die habe ich nicht.«

»Komm erst mal mit zum Auto«, sagte Hilde versöhnlich.

Nebeneinander gingen sie den Weg zurück zum Wagen, der ohne Strafzettel noch an genau dem Ort stand, wo er abgestellt worden war.

Hilde schaute kurz, ob eine Nachricht von Hugo eingegangen war. Nichts.

Habe Romy gefunden und fahre mit ihr weiter. Ich hoffe, es geht dir gut, schrieb sie an Hugo. Dann setzte sie sich auf den Fahrersitz.

»Und jetzt?«, fragte Hilde. Sie blickte sich um. Menschen eilten an dem Wagen vorbei, ein anderes Auto wartete schräg hinter ihr, um in die frei werdende Lücke zu fahren.

»Zurück nach Deutschland?« Romys Stimme klang wie die eines schüchternen Kindes.

»Willst du das?«

Romy seufzte.

»Du hast recht, Antworten ist heute nicht deine Stärke.« Hilde zwinkerte Romy zu. Sie hatte eine Idee, doch sie zögerte, sie offen auszusprechen. Noch war die Freundschaft zwischen Romy und ihr zu brüchig. Romy reagierte viel zu schnell mit Abwehr und blockierte. Zuerst würde Hilde Sicherheit schaffen müssen. Dann würde sie Romy die Idee unterbreiten.

~

Die nächsten Tage verstrichen viel zu schnell, ohne dass Hilde von Hugo eine Nachricht oder einen Anruf bekam. Er ging nicht an sein Handy, wenn sie seine Nummer wählte, und antwortete auf keine ihrer Mitteilungen. Er war gekränkt und verletzt. Es schmerzte, aber Hilde blieb keine andere Wahl, als es zu akzeptieren. Er wollte anscheinend keine Freundschaft, nicht mehr, nachdem sie sich verabschiedet hatte.

Die immer wechselnden Umgebungen während der Rückreise, die unbekannten Ortschaften und die Gegenwart von Romy lenkten sie ab, so kam sie kaum zum Grübeln.

Auf Hildes Wunsch hin verbrachte sie mit Romy noch einmal zwei Nächte an dem See, wo sie auf dem Hinweg pausiert und an dem sie Baptiste und Hugo kennengelernt hatten.

Dann näherten sie sich dem Rhein-Main-Gebiet, und die Anzeige der gefahrenen Kilometer auf dem Armaturenbrett erschien Hilde wie ein Countdown.

Noch 62 Kilometer, nicht einmal mehr eine Stunde Fahrtzeit. Romy hatte die Schuhe ausgezogen, die Beine hochgelegt und hörte Musik über ihre Kopfhörer. Die Bässe waren so laut, dass sie im Hintergrund wummerten. Dazu wiegte Romy ihren Kopf im Takt.

Es war wie ein endloses Nicken, nur kurz unterbrochen, wenn zwischen zwei Songs vorübergehende Stille eintrat.

Noch 59 Kilometer.

Romy seufzte. Sie schob den Kopfhörer von einem ihrer Ohren und wandte sich an Hilde.

»Kannst mich irgendwo in der Innenstadt rauslassen? Ich finde mich zurecht.« Romy schob den Kopfhörer wieder vollständig über die Ohren.

Noch 57 Kilometer.

Hilde drosselte das Tempo und reihte sich auf der rechten Spur zwischen zwei Lastern ein. Wenn sie nun nicht all ihren Mut zusammennahm, würde es bald zu spät sein.

»Romy?«

»Hm?« Wieder schob Romy den Kopfhörer von einem Ohr. Die Musik lief weiter. Romy wackelte mit den Füßen im Takt, ihre linke Socke hatte am großen Zeh ein Loch.

Hilde räusperte sich. Sie fürchtete sich vor Romys Reaktion.

»Ja?« Nun nahm Romy die Füße herunter, schob sie in den Fußraum, schlüpfte in ihre Schuhe und stellte die Musik aus. »Einfach in der Innenstadt rauslassen. Kein großer Abschied.« Romy versuchte zu lächeln, doch es wirkte gequält, als wären ihre Mundwinkel festgetackert.

»Ich habe eine Idee.« Hilde umklammerte das Lenkrad fester. Ein Aufblitzen der hohen Lasterscheinwerfer hinter ihr erinnerten sie daran, dass sie nicht zu langsam fahren durfte. Dann hupte der Laster hinter ihr laut und durchdringend. Hilde zuckte zusammen und gab wieder mehr Gas.

Romy holte einen Kaugummi aus ihrer Jackentasche, wickelte ihn aus und zerfetzte das Alupapier in viele kleine Stücke, dann öffnete sie das Fenster und ließ die Einzelteile wie Konfetti hinaussegeln.

Der Wind dröhnte in Hildes Ohren, obwohl sie nicht einmal hundert Stundenkilometer fuhr. Kalte Luft wehte herein. Es war, als wäre sie innerhalb kürzester Zeit vom Sommer im Herbst gelandet. Es fröstelte sie und sie bekam eine Gänsehaut.

»Was denn?«, fragte Romy und schloss die Seitenscheibe.

»Es ist doch keine Lösung, dass du wieder auf der Straße lebst.« Selten hatte sie sich hilfloser gefühlt. »Ich meine ...«, schob sie schnell nach und warf einen Seitenblick auf Romy.

Deren Gesicht war entspannt, anscheinend hatte Romy die Worte gar nicht als gegen sich gerichtet aufgefasst.

»Wir beide sind orientierungslos«, fuhr Hilde fort. »Zurück ins Altenheim? Ach ja – Seniorenresidenz.« Sie lachte bitter. »Ich will das einfach nicht. Und ich will auch nicht, dass du wieder auf der Straße lebst. Wir haben jetzt Ende Oktober. Bald wird es kalt, so richtig eisig.«

»C'est la vie. Wir hätten in Frankreich bleiben sollen, Oder weiter in den Süden fahren. Spanien. Portugal. Oder Marokko.«

»Oder wir nehmen eine Wohnung. Wir beide, du und ich. Zusammen.«

»Eine WG?« Romy klang skeptisch, aber längst nicht so ablehnend, wie Hilde befürchtet hatte.

Hilde nickte. »Zwei oder drei Zimmer, für jeden von uns seinen Privatbereich und ein Wohnzimmer und eine Küche für uns beide. Was denkst du?«

Romy atmete tief ein, hielt die Luft an und stieß sie geräuschvoll aus. »Das kostet. Gerade in der Stadt.«

»Es ist viel billiger als mein Zimmer in der ... Seniorenresidenz.«

Romy schwieg. Nur das Rauschen der Räder und des Motors war zu hören. Die Windgeräusche verstärkten sich, wenn Autos sie links überholten. Romy holte die Kaugummipackung aus ihrer Tasche, wickelte drei Kaugummis aus und steckte sie gleichzeitig zu dem vorhandenen Kaugummi in den Mund. Dann begann sie wieder, die Silberpapiere zu zerfleddern.

»Gut. War nur eine Idee«, sagte Hilde. Romys Reaktion schmerzte, auch wenn sie sich innerlich auf eine viel vehementere Ablehnung eingestellt hatte.

»Echt jetzt? Du meinst das ernst? Also so richtig?«, fragte Romy.

»Ernster als ernst. Es ist ein Angebot. An dich. Nicht nur für dich, es ist auch für mich. Für uns beide. Dann könnten wir ...« Hilde biss sich auf die Lippe.

»Ich habe kein Geld. Ich kann dir nichts zur Miete dazugeben.«

»Schon klar.«

»Keine Leistung ohne Gegenleistung. So läuft es im Leben. Ohne Ausnahme. Was willst du von mir?« Romys Stimme klang hart. Sie blickte nach rechts aus dem Seitenfenster. So konnte Hilde Romys Gesichtsausdruck nicht erkennen. Diesmal streute Romy die Silberpapierfetzen nicht aus dem Fenster, sondern ließ sie in den Fußraum fallen.

»Du könntest im Haushalt mit anpacken. Einkäufe tragen zum Beispiel, Bettwäsche aufhängen, das fällt mir schwer. So etwas eben.«

»Sozusagen eine kostenlose Altenpflegerin. Hausmädchen.«

Noch 38 Kilometer.

Hilde konnte nicht mehr einfach weiterfahren, als wäre alles in Ordnung. Nichts war in Ordnung! Ihr Leben war ein einziges frustrierendes Chaos. Sie drückte den roten Knopf vom Warnblinklicht, fuhr auf den Seitenstreifen und bremste ab, bis der Kombi zum Stehen kam. Ihre Hände und Füße zitterten.

»Du sollst keine kostenlose Altenpflegerin sein. Wenn ich Hilfe brauche – und ich brauche keine Hilfe, aktuell nicht –, kommt jemand vom Pflegedienst. Ich will, dass du an dich denkst. An dein Leben. Dass du es nicht einfach wegschmeißt wie Müll. Dass du für einen Schulabschluss lernst. Dass wir uns gegenseitig begleiten und unterstützen. Dass ich mir keine Sorgen machen muss, ob du den Winter überlebst. Oder erfrierst. Oder wer weiß, was dir alles passieren kannst. Ich will, dass du in Sicherheit bist. Ich will dir eine Wegbegleiterin sein.« Hilde wurde lauter. »Du bist mir nicht egal. Das kann doch nicht so schwer zu verstehen sein!« Sie schnappte nach Luft, dann hustete sie. All die Worte hatten sich in ihr aufgestaut, nun waren sie ausgesprochen.

Jedes Mal, wenn ein Laster an ihnen vorbeifuhr, bekam der Kombi vom Fahrtwind einen Schlag.

»Okay«, sagte Romy.

Hilde glaubte, sich verhört zu haben. »Okay?«

»Ja, okay. Und das mit der Hilfe im Haushalt ... klar packe ich mit an. Ist doch eine Selbstverständlichkeit.«

Hilde wollte nicht weinen. Sie rieb sich über die Augen, holte ein Taschentuch hervor und putzte sich die Nase. Die paar Sekunden reichten, um die Selbstkontrolle zurückzubekommen.

»Ehrlich? Du würdest ...« Ihre Stimme brach.

»Ja. Aber ... glaubst du denn, irgendjemand vermietet an uns beide eine Wohnung?«

»Ja. Sicher! Und bis dahin ziehen wir in ein Hotel. Oder du suchst uns irgendeine Ferienwohnung raus.«

Hilde konnte sich nicht erinnern, jemals in ihrem Leben eine solche Erleichterung verspürt zu haben, außer jeweils nach der Geburt ihrer Kinder, als sie alle Finger und Zehen gezählt hatte. Als die Neugeborenen in ihrem Arm gelegen hatten und eingeschlafen waren.

Sie fuhr langsam an, beschleunigte, schaltete den Warnblinker aus und fädelte sich wieder zwischen zwei Laster ein.

»Ist das mit der Schule und dem Schulabschluss eine Bedingung?«, fragte Romy.

Hilde wurde es abwechselnd heiß und kalt. Sie

wollte das Erreichte nicht zerstören, aber auch nicht zu früh nachgeben.

»Okay«, sagte Romy, bevor Hilde sich eine Antwort zurechtgelegt hatte. »Okay. Mit der Schule habe ich es nicht so. Das weißt du ja. Aber ich kann es ja mal probieren.«

21

Donnerstag, 24. Dezember

Alle, wirklich alle Familienmitglieder waren Hildes Einladung zur Weihnachtsfeier gefolgt: Juliane, Marius, Mareike und Simon mit seiner Freundin und den gerade einjährigen Zwillingen Mia und Matteo. So feierten an diesem Heiligabend neun Menschen in der kleinen Dreizimmerwohnung, in der sich sonst nur Hilde und Romy aufhielten. Im Wohnzimmer, um den geschmückten Weihnachtsbaum herum, hatte Hilde neben die Couch und den Sessel noch die zwei Stühle aus dem Esszimmer gestellt und drei Klappstühle, die sie sich von Nachbarn geliehen hatte. Die Geschenke warteten in buntes Weihnachtspapier eingepackt unter dem Baum. Die Glaskugeln funkelten im Kerzenlicht. Hilde fühlte sich in dem Sessel, auf dem sie nach allseitigem Drängen Platz genommen hatte, wie eine Königin.

Sie schloss die Augen, um den Duft im Raum intensiv zu genießen, die Mischung aus frisch geschlagenem Holz, Tannennadeln, geschmolzenem Bienenwachs und Gewürzlebkuchen. Die Kerzen und die Menschen heizten das kleine Wohnzimmer so sehr auf, dass Hilde die Heizung ausgestellt und das Fenster gekippt hatte. Es war angenehm warm.

Die leise Klaviermusik war in dem Stimmengewirr nicht mehr zu hören. Die Gespräche gingen durcheinander, die Wortfetzen drangen aus allen Richtungen zu Hilde und sie verstand kaum ein Wort bei all dem Durcheinander, aber es stört sie nicht – im Gegenteil. Sie war vollständig glücklich und fühlte sich angekommen und zu Hause, zum ersten Mal seit Karl-Heinz' Tod vor einem Jahr, vier Monaten und neunzehn Tagen. Wie sehr sie die Frankreichreise genossen hatte, das Unterwegssein, so gern sie all die neuen Eindrücke in sich aufgesogen hatte, so war auch die Sehnsucht nach einem Ankommen und einem Zuhause tief in ihr verwurzelt. Sie brauchte ein Stück Heimat, sie war nicht wie Hugo oder Baptiste.

Romy klopfte mit einem Löffel gegen ihr Sektglas, woraufhin das Stimmengewirr verstummte.

»Ich bin schlecht im Redenhalten«, sagte Romy. Sie räusperte sich. »Trotzdem will ich Danke sagen. Danke, Hilde, dass ich hier sein darf. Du bist die beste Freundin, die es gibt.« Dann lächelte sie vorsichtig in Julianes Richtung.

Juliane zog die Augenbrauen hoch.

»Ohne dich, Juliane, hätte das alles nicht geklappt«, fuhr Romy fort. »Ich weiß, dass du ... dass du noch immer skeptisch bist. Wir sind einfach total verschieden. Aber du hast dich trotzdem für mich eingesetzt. Danke.«

Juliane seufzte. Es war ihr anzusehen, dass sie noch immer mit Romys Anwesenheit haderte, obwohl sie die Anwältin gewesen war, die den Fall vor das Familiengericht gebracht und Romy vertreten – und die den Fall gewonnen hatte. Nur dank Juliane war es möglich, dass Romy gegen den Willen ihrer Eltern und trotz der Zweifel des Jugendamts bei Hilde wohnen konnte.

»Ich habe es für Hilde getan«, sagte Juliane. »Sie hätte sonst ja niemals Ruhe gegeben.«

»Trotzdem. Danke.« Eine Träne löste sich aus Romys Augenwinkel. »Und es ist toll, dass ihr alle gekommen seid. Wisst ihr, dass ich das nie hatte? So ein Weihnachten mit Baum und Plätzchen und Geschenken und Kartoffelsalat und Würstchen. Meine Mutter war immer mittags schon betrunken gewesen. Und später mein Stiefvater ... lassen wir das. Was ich sagen will ... Oh Mann, ich glaube, ich kriege mich grad nicht sortiert. Auf jeden Fall habe ich auch Geschenke.« Sie ging in ihr eigenes Zimmer nebenan und kam kurz darauf mit einem Tablett zurück, auf dem vier Blumentöpfe mit Glücksklee standen. Die Pflanzen verteilte sie an Juliane, Marius, Mareike und eine gab sie Simon. Für die Zwillinge hatte sie je einen Kuschelbären besorgt. »Für dich habe ich auch etwas.«

Romy überreichte Hilde einen Briefumschlag.

Hildes Hände zitterten vor Aufregung. Vorsichtig

öffnete sie das Kuvert.

»Zwei Flugtickets«, sagte Hilde, eins auf ihren Namen und eins auf den von Romy. Dann zog sie den Gutschein für fünf Hotelübernachtungen heraus. »Paris.« Ihr stockte der Atem. »Das wird mein erster Flug!« Hilde drückte die Tickets und den Hotelgutschein an sich. »Das muss doch teuer gewesen sein.«

»Du hast es wirklich nicht gemerkt!« Romy strahlte über das ganze Gesicht. Ihre Augen leuchteten. »Ich bin jeden Morgen um vier Uhr raus und um kurz vor sieben wiedergekommen. Zeitungen austragen. Das ist von meinem Lohn.«

Hilde stand auf, ging zu Romy und drückte sie an sich. Romy erwiderte die Umarmung.

»Wir fahren zusammen«, sagte Romy, »du und ich. Nur schade, dass wir bis zu den freien Tagen an Karneval warten müssen. Ich wollte eher los. Aber in der Schule mit der Beurlaubung, das hat nicht geklappt.«

»Vielleicht ist es dann schon wärmer in Paris und alles fängt an zu blühen.« Hilde stellte sich vor, wie sie an Romys Seite zu Frühlingsbeginn oben auf dem Eiffelturm stehen und weit über die Stadt blicken würde. Anschließend würden sie sich in ein Bistro setzen und die Menschen beobachten. Sie würde den Louvre besuchen und an der Seine entlangspazieren. Jeden Tag, bis es endlich so weit wäre, konnte sie sich nun auf die Reise freuen, sich ausmalen, was Romy und sie alles entdecken würden. Ihr Leben war noch lange nicht vorbei, es fing gerade erst an.

Newsletter

Sie wollen KOSTENLOS weitere spannende Lesestunden genießen? Abonnieren Sie meinen Newsletter auf https://writerontour.de/ und erhalten Sie gratis den Thriller „Die Totenkünstlerin“. Das E-Book ist exklusiv für Abonnenten der Leserattenpost und nicht im Handel erhältlich. Zusätzlich informiert die Leserattenpost über Buchaktionen und Gewinnspiele und gibt Hintergrundinfos. Auch verlose ich über den Newsletter die überzähligen Taschenbuch-Belegexemplare, die ich von Verlagen bekomme.

Über die Autorin

Mit ihrem Wunsch, Schriftstellerin zu werden, schaffte es Heike Fröhling immer wieder, sich das Leben selbst schwer zu machen. Warum nicht einfach nach dem abgeschlossenen Studium (Musikwissenschaft, Germanistik und Schulmusik) etwas »Vernünftiges« arbeiten? Doch das Leben ist nicht dafür da, um das zu tun, was alle tun. Man kann die Sterne nicht vom Himmel holen. Aber wenn Heike Fröhling einmal alt ist und über das Meer blickt, möchte sie sich sagen können, dass sie es wenigstens versucht hat.

Doch bei einem Versuch ist es nicht geblieben. Jahrelang war Heike Fröhling als Journalistin für Frauenzeitschriften tätig. Sie veröffentlicht seit 1999 als Verlagsautorin, seit 2012 auch als Selfpublisherin. Ihre Romane handeln meist vom Aufbrechen, Entdecken und Reisen, um zu sich selbst zu finden. Die meiste Zeit des Jahres ist Heike Fröhling mit ihren drei Hunden zusammen in ihrem Van unterwegs, um für eines ihrer nächsten Bücher zu recherchieren.

facebook.com/writerontour.de
twitter.com/HeikeFroehling
instagram.com/writerontour.de

Printed in Poland
by Amazon Fulfillment
Poland Sp. z o.o., Wrocław

18127437R00127